Ana Maria Uşurelu

Memoriile unui muritor

SELF PUBLISHING

www.self-publishing.ro

Redactare: Delia Petrescu
Tehnoredactare: Simona Bănică

Descrierea CIP a Bibliotecii Naţionale a României
UŞURELU, ANA MARIA
        Memoriile unui muritor / Ana Maria Uşurelu; -
Bucureşti : Self Publishing, 2014
        ISBN 978-606-8601-40-3

821.135.1-31

Self Publishing România este o platformă online dedicată publicării, tipăririi, promovării şi distribuţiei naţionale şi internaţionale a cărţilor autorilor români.
Orice autor care publică la Self Publishing îşi poate vedea cartea în librării în 30 de zile şi mai puţin.
Intră pe site şi publică-ţi cartea sau scrie-ne pe adresa
office@self-publishing.ro
www.self-publishing.ro

COMENZI PENTRU CITITORI,
LIBRĂRII, BIBLIOTECI, DEPOZITE DE CARTE
comenzi@self-publishing.ro

tel. 0740 530 111

Miercuri, 16 octombrie.

„Dragi părinți,

Oare sufletul ăsta păgân, care simt că îmi va părăsi trupul în curând, mai este în stare de simțăminte? Mă întreb, oare în ce baie de sentimente ar trebui draga voastră copilă să se scalde acum, ca să scape de teroarea morții? Știu că nici voi, nici nimeni altcineva nu ar fi reușit să îmi dea răspunsuri la întrebările mele cele de pe urmă, dar nici la cele dintâi. De aceea, am și ales ceea ce – probabil – vouă vi se pare de neînchipuit din partea celei pe care o numiți, cu iubire, fiică – tăcerea. Tăcerea și singurătatea, ele mi-au fost de cel mai mare ajutor în ultimele clipe, dar tot ele mi-au fost și dușmani.

Am ales să tac, să nu vorbesc despre sentința mea fatală, am ales să vă eliberez pe voi de durere, dar, și pe mine, de chin. Mintea mea a ales pentru corpul ăsta deja lipsit de valoare, dar și pentru sufletul istovit de păcate, o moarte care îi va face onoare, prin simplul fapt că o curmă de suferințe.

Când veți fi citit gândurile mele, eu voi fi deja departe, voi fi zburat deja spre Câmpiile Elizee sau, poate sufletul meu chinuit se va afla în vreun loc interzis, undeva între infern și paradis.

Nu vreau ca sărmanele voastre suflete să fie speriate sau să sufere pentru mine. Vreau să ştiţi că eu, cred, am fost dintotdeauna pregătită pentru ce mă va aştepta în momentul în care voi vedea lumina pentru ultima dată. Viaţa mea atât de zbuciumată, chinurile minţii mele mereu neobosite şi ale sufletului meu însângerat m-au pregătit pentru ceea ce părea a fi un preludiu al morţii, al nemuririi, m-au pregătit pentru acest paradis al infernului disimulat.

Îmi imaginez că, poate, acum, când citiţi aceste rânduri, încă este un şoc pentru voi faptul că fata voastră, singurul vostru copil, nu se mai este lângă voi, iar, eu, probabil, mă aflu deja la câţiva metri sub pământ. Probabil, deja v-aţi înmormântat copilul, sunteţi dărâmaţi şi deluzionaţi de decizia mea, de refuzul bisericii şi al preoţilor de a-mi face o slujbă cum se cuvine. Cred că sunteţi ruşinaţi şi supăraţi pe mine pentru că am fost atât de egoistă încât să-mi iau singură viaţa, dar vă mai rog un lucru: să aveţi răbdare. Puţină răbdare ca să îmi citiţi confesiunea, puţină răbdare ca să înţelegeţi şi, încă puţină, ca să acceptaţi şi să iertaţi.

Cu ceva mai mult de două luni în urmă, am fost diagnosticată cu cancer. După ce vă veţi linişti şi veţi găsi puterea necesară ca să căutaţi şi să cercetaţi, veţi vedea cu ochii voştri toate dovezile, veţi vedea câte drumuri am făcut la medici din ziua în care mi s-a dat sentinţa decisivă. Veţi vedea că fata voastră, de care eraţi atât de mândri înainte, a luptat şi a ţinut cu dinţii de viaţă, dacă nu pentru ea, măcar pentru voi.

Am făcut tot posibilul ca să mă întorc dintre morţi, dar era prea târziu să mai trăiesc, ca să mai pot schimba destinul sau ca să mai pot lupta cu judecata Celui de Sus.

Poate am fost egoistă când am ales să mai trăiesc puțin și bine, fericită și înconjurată de cei dragi, dar, când ești cu un picior în groapă, îți schimbi felul de a vedea lucrurile și tot ce vrei este să aduni amintiri plăcute care să te încălzească atunci când vei fi departe de cei dragi.

Sunt deja câteva zile bune de când mă chinuiesc să vă aștern câteva rânduri și aștept mereu un semn, că totul se va schimba, că totul nu este decât un vis, dar un rămas-bun este inevitabil și nu am dorit să plec fără să vă las mărturie scrisă ultimele mele gânduri.

Vreau să îmi iau rămas-bun de la voi, dragi părinți, de la voi cei pe care i-am iubit mai mult decât m-am iubit pe mine însămi, voi, cei care reprezentați temelia sufletului meu și razele de speranță din fiecare zi. Fiica voastră vă mai spune, încă o dată, că vă iubește sincer și dureros de mult, fiica voastră care nu a fost niciodată nici perfectă și nici fără de pată, cea care vă mulțumește pentru cei 25 de ani de viață și de iubire necondiționată primită din partea voastră.

Cu nemuritoare și eternă iubire,
Maria"

Miercuri, 21 august.

Astăzi m-am dat jos din pat mai greu ca oricând. Ahh... de ce blestemăm alcoolul de fiecare dată după ce îl consumăm și nu, înainte? Și, de ce, de fiecare dată, îmi jur tare și sincer că urăsc alcoolul? Dar continui să beau pentru că mă face să experimentez emoții și simțăminte, pe care, în mod normal, mi le suprim. Mahmureala îmi încețoșează gândurile, dar, măcar, îmi amintesc de întâlnirea pe care am stabilit-o astăzi, la 11:00, cu doctorul x în legătură cu analizele de săptămâna trecută. Bineînțeles că ficatul meu nu e bine; au trecut mai bine de zece ani de când se chinuie, săracul, să lupte cu inconștiența gurii mele veșnic nesătule.

Mă dau jos din pat, fără nici o pornire. Știu că va urma un alt tratament de vreo lună, alte medicamente scârboase de ingerat, prin care medicii mă amăgesc frumos, spunându-mi că mă vor face bine. Mă îmbrac în grabă, mă mint că dușul nu este atât de important și încerc să mă spăl pe dinți. Fac totul îndeajuns de repede încât întârzii doar 15 minute la întâlnirea programată. Norocul meu – doctorul nu este atât de antipatic precum alții.

Plec destul de liniștit, va trebui să urmez tratamentul doar o săptămână, asta după ce doctorul mi-a smuls aproape cu forța promisiunea că nu voi mai exagera, că voi ține regim și că voi urma tratamentul până la capăt.

Ieșind în grabă din cabinet, privirea mi se oprește brusc, fără să mă pot stăpâni, pe o tânără și rămân blocat. Este una dintre cele mai frumoase fete pe care mi-a fost dat să o văd vreodată. Stă pe un scaun, în sala de așteptare, și nu reușesc să-i văd tot chipul. Părul lung, negru, îi cade în valuri pe umeri și i-l acoperă aproape în întregime, lăsând să se întrezărească numai un nas mic și mândru. Observ că este tristă; suferă chiar, îi văd lacrimile cum i se preling încet, pe obraz, se rostogolesc și cad tăcute pe dosarul pe care îl ține în brațe. Mă trezesc la realitate după câteva secunde sau minute, nici nu realizez cât timp m-am holbat la ea și îmi dau seama că mă aflu în aceeași poziție, în fața ușii medicului, cu mâna încleștată încă, pe clanța ușii. Dau să fac un pas înainte, dar creierul meu, probabil, nu a transmis picioarelor ce trebuie să facă, pentru că eu mă găsesc în aceeași poziție, captivat. Realizez că nu pot să mă mișc, nu pot să plec de acolo și să o las pe fata asta singură, fără să nu îi spun un cuvânt, măcar. Nu mă hotărăsc încă, dacă să dau crezare minții mele care mă îndeamnă să fac ceva pentru ea sau, de fapt, nu sunt împins decât de un impuls instinctiv, irezistibil, care îmi dă senzația că mi-au luat, deodată, pantalonii foc. Dau o raită cu privirea prin sala de așteptare și văd că este plin de lume, dar nimeni nu îi vorbește, nimeni nu se apropie de ea. Doar o asistentă, cu un maldăr de dosare în brațe, era să o lovească grăbindu-se spre cabinet. Fac câțiva pași și mă așez pe scaunul de lânga ea... Ridică puțin capul, însă nu mă privește... probabil o stingheresc, dar nu mă pot abține să nu o întreb:

— Ești bine? iar ea îmi răspunde după câteva clipe, cu o voce caldă, de copil:

— Da, mulțumesc.

Ce ar trebui să fac acum? Simt că totuşi nu e în regulă şi am un sentiment straniu în ceea ce o priveşte. Mă întreb de câte ori nu am fost şi eu trist şi singur, aşezat pe o bancă prin vreun parc sau plimbându-mă cu căştile la urechi, aşteptând măcar privirile compătimitoare ale vreunui străin, aşteptând ca un suflet inocent care nu mă cunoaşte să se apropie de mine, să mă ia în braţe şi să îmi spună că totul va fi bine. Mă uit la ea şi mă gândesc la mine. Într-adevăr, poate ea nu are aceleaşi aşteptări ca şi mine de la oameni şi, poate, nu îşi doreşte aceleaşi lucruri, dar, mă gândesc, cât de singură se poate simţi acum, în holul ăsta atât de rece, unde nimeni nu o priveşte, nimeni nu o consolează.

– Eşti sigură că eşti bine şi că nu ai nevoie de nimic? Te pot ajuta cu orice, trebuie doar să-mi spui.

Mă priveşte. Doamne cât este de frumoasă, rămân blocat, nu mai reuşesc să îi spun nimic şi mă uit la ea de parcă ar fi o divinitate. Descopăr o pereche de ochi de un căprui atât de închis, încât par aproape ireali, iar tenul ei, probabil proaspăt bronzat de vreun soare tropical, are o strălucire ca cel al unei papuşi de plastic, ca al unei „barbie" trezită la viaţă de vreun Gepetto fermecat de chipul ei. După câteva momente, îmi dau seama că m-a recunoscut; posibil m-a văzut la televizor sau mi-o fi zărit fotografia într-o revistă oarecare şi îmi zâmbeşte inocent în timp ce eu tot încercam, fără rost, să mă trezesc la realitate.

– Nu am nevoie de nimic, îmi spune ea aproape şoptit lăsând capul în jos. De fapt, ar fi ceva... dacă nu te deranjează? îmi spune cu vocea aproape tremurândă.

– Da, orice, spun eu fără să mă mai gândesc.

– Tot încerc să găsesc un taxi, dar nu este nici o mașină liberă, ai putea suna tu în locul meu? mă întreabă cu vocea din ce în ce mai joasă, întinzându-mi telefonul pe care îl avea în mână.

– ...din cauza meciului, spun eu. Nu cred că vei găsi vreun taxi liber prea curând, dar te pot duce eu unde dorești. Am mașina în parcare... și fac o pauză ca să mă gândesc dacă nu cumva am o urgență, acum. Dacă nu te deranjează, bineînțeles...

Ea nu îmi spune nimic pentru câteva clipe, minute chiar, și continuă să privească în gol.

– Da, mulțumesc, vreau doar să ajung mai repede acasă.

Nici nu îmi dau seama cum și când, dar mi se pare că eu plutesc, de fapt, în spatele ei, în timp ce coboram scările clinicii și nu contenesc să mă uit la ea și, sincer, mă și mir cum de nu m-am împiedicat de vreo treaptă până acum, la cât de neîndemanatic sunt de obicei. Ajunși afară, mă apropii de ea și mi-aș dori să o pot lua de braț, aș vrea să o protejez cumva de mulțimea și de gălăgia găsită în stradă, dar nu vreau să interpreteze greșit. Și așa, probabil, privirile mele libidinoase au băgat-o în sperieți. O conduc spre mașină, facem dreapta spre parcare și îi deschid portiera, în încercarea mea stângace de fi gentilom și apoi urc repede la volan.

– Unde vreți să ajungeți domnișoara? Astăzi sunt șoferul dumneavoastră personal, încerc eu sa fac o glumă stângace, dar regret imediat tot ceea ce am spus în momentul în care am terminat de debitat propoziția asta fără sens. Mă liniștesc puțin când o văd că zâmbește și, când se uită în ochii mei, mă pierd iar.

– Pe Calea x – îmi spune – o să te ghidez eu după ce ajungem acolo. Mulţumesc, din nou.

– Nu ai pentru ce, mă gândesc că şi tu ai fi făcut un gest atât de banal pentru un necunoscut, şi mă uit în dreapta, la ea, aşteptând un răspuns, dar, deja, nu mă mai privea şi părea pierdută în altă lume. Îşi spijinise capul de scaun şi se uita pe geam, undeva, departe. Încerc să nu fiu agasant şi tot ceea ce pot să fac este să o duc acasă şi să nu mai spun nimic, dacă nici ea nu vorbeşte. Aşa că tac, aproape tot drumul, abţinându-mă din răsputeri să nu înjur şoferii schizofrenici care îmi tăiau calea sau să fac gesturi obscene celui care aproape a intrat în mine, la semafor. Nu mă pot controla şi o mai privesc din când în când, văd că nu şi-a schimbat deloc poziţia şi continuă să se uite tăcută, pe geam, ţinându-şi mâinile atât de distins împreunate pe dosarul din braţele ei. Mă gândesc la ea, la nenorocirea prin care ar putea să treacă sau, poate, a avut o zi proastă şi doar nu are chef de vorbă sau, poate, a fost concediată sau ceva s-a întâmplat cu un apropiat de-al ei.

Intru, împins aproape de celelalte maşini din spate, pe Calea x şi îmi îndrept iar privirea spre necunoscută, aşteptând indicaţiile promise. Dar nu primesc nimic, ca răspuns al privirilor mele insistente. Încerc să îi atrag atenţia cumva, dar nu îmi trece nimic prin mintea asta goală. Într-un final, îmi dreg vocea şi îmi fac curaj să o întreb:

– Merg înainte?

Ea mă priveşte nedumerită pentru un moment, apoi, uitându-se, în faţă:

– Aaa, da, da. Continuă să mergi drept, aproape am ajuns. Mă ghidează până la destinaţie şi astea sunt singurele cuvinte pe care mi le spune, până când ajungem la ea, în fața blocului. Întorcându-se spre mine:

– Îți mulțumesc mult, Mihai... îți mulțumesc că m-ai adus acasă. Aha, deci, sigur, m-a recunoscut. Eu îi zâmbesc și îi spun că nu e nici o problemă.

– Te-am văzut atât de tristă, în clinică, încât nu am putut să plec pur și simplu. Te mai pot ajuta cu ceva?

– Nu, deja ai făcut prea multe pentru mine și îți sunt sincer, recunoscătoare. Doar că viața ne determină să fim triști. Astăzi am avut confirmarea că sunt pe moarte, dar tu mi-ai mai dat puțină speranță în oameni și în puțina viață pe care o mai am de trăit.

Rămân stupefiat, cu gura căscată și o privesc pe fetița asta, care, acum câteva clipe, mi-a spus că este pe moarte. Oare chiar mi-a spus asta sau mintea mea, încă mahmură, a auzit prost?

– Îți mulțumesc încă o dată, Mihai, continuă să fii un om bun și ai grijă de tine! Îmi zâmbește și coboară din mașină, iar tot ceea ce reușesc să fac eu este să o privesc cum se îndepărtează. Mai stau câteva momente pe loc, apoi plec și eu, în stare de șoc. Cum se poate ca soarta să îi fure viața și inocența unei fete atât de frumoase și de tinere? Tânără, da, pentru că are cu cel puțin zece ani mai puțin decât mine. Cum poate fi soarta atât de nemiloasă și absurdă? Iar eu cum am putut fi atât de bou încât să o las să plece fără să îi spun nimic? De ce nu am reușit să mă trezesc la realitate și să îi strâng mâna unui om care, clar, suferă mai mult decât mine? Cum am putut fi atât de egoist și de dobitoc și să plec din fața blocului ei, fără să nu alerg după ea, să o rog să îmi povestească, să se descarce, să încerc să o alin?

Ajung acasă atât de repede încât nici nu îmi dau seama şi ignor foamea care îmi rodea stomacul, îmi amintesc că nici măcar nu am trecut pe la farmacie să îmi iau medicamentele, dar îmi iau laptopul, mă aşez la birou, şi încep să scriu. Scriu despre o fiinţă supranaturală, pe care soarta mi-a dat să o întâlnesc, o fiinţă fantastică de pe alt tărâm, care a aflat că e pe moarte singură, fără să fie înconjurată de apropiaţi, iar eu, dobitocul care i-a sărit în cale, nu am fost în stare nici măcar să o ascult sau să o alin. Remuşcările sunt prea mari şi mă gândesc la ea toată ziua, mă pun în locul ei de zeci şi zeci de ori şi îmi imaginez tot felul de scenarii nerealiste cu tot ce ar putea să i se întâmple sau să facă. Nu reuşesc să ies din casă, sunt prea obosit şi extenuat psihic, aşa că îmi anulez toate întalnirile şi îmi comand o pizza pe care o înfulec flămând, pe la 9 seara.

Dar remuşcările mă apasă şi mai mult cu stomacul plin, remuşcări pentru o viaţă pe care mi-aş fi dorit să o pot schimba sau, măcar, să o pot lumina pentru câteva clipe. Aş fi putut să fiu măcar pentru câteva momente prietenul ei şi să o ascult, dar nu, eu am ales să fiu mut.

Mintea mea o ia razna şi mai tare, când, după două pahare de vin roşu, mă bag în pat pe la 3 noaptea şi mă gândesc încă la copila aceea nevinovată. Şi când minţii mele neobosite îi vine ideea că un suflet chinuit şi singur, aflând un lucru atât de tragic, preferă să îşi ia singură viaţa, decât să stea şi să aştepte o moarte inevitabilă, nu mă mai pot controla. Şi mă dau jos din pat, agitat şi transpirat, mă urc în maşină şi mă duc unde am lăsat-o azi pe ea, şi îmi dau seama că am fost atât de prost încât nici nu am întrebat-o care e numele ei.

Joi, 22 august.

Am ajuns la 7:00 dimineața acasă și, după doar trei ore de somn, mă trezesc transpirat și cu mintea încă tulburată. Sunt năucit încă și nu cred că mă voi trezi curând la realitate. Am intrat, fără să vreau, într-un vis din care nu știu daca îmi mai doresc să ies. Măcar am obținut permisiunea ei să scriu, da, am obținut permisiunea Mariei.

Maria, căci pe ea o așteptam azi noapte, la 3, cu fundul pe treptele scării din fața blocului ei. Încă mă gândeam că sunt un tâmpit și că nu cred că o voi întâlni în noaptea aceea și, chiar dacă voi sta până dimineață acolo și se va împiedica de mine a doua zi, în drumul ei spre vreun magazin sau școală sau spre locul de muncă... probabil mă va considera un nebun sau va crede că o urmăresc. Dar somnul, atât de adorat în atâtea nopți, acum nu ar fi venit deloc, iar așternuturile moi de acasă probabil mi s-ar fi părut reci și aspre în seara asta, așa că îmi încălzeam conștiința cu gândul că am încercat să fac ceva.

Am fumat mai mult de jumătate de pachet de țigări, de nervi și neliniște, și mă gândeam că s-au scurs multe ore bune de așteptare, dar, exact când mă uitam la ceas și observ, uimit, că nu era decât 3:48, oprește în fața scării, la câțiva metri de mine, un taxi. Grupul gălăgios din taxi, probabil la fel de afumat ca și mine cu o seara în înainte, mă face curios și îmi îndrept privirea spre mașină, exact

când din ea coboară o tânără brunetă, destul de înaltă, pe
nişte tocuri ucigătoare, care îşi ia rămas bun de la pri-
etenii ramaşi în taxi şi se îndreaptă spre mine, spre scară
de fapt... Era ea. Inima mi-a tresărit brusc, iar fluturii
mi-au invadat stomacul. Pentru o secundă, dar numai
pentru o secundă, până ca ea să-şi ridice privirea şi să mă
vadă, nervos, m-am gândit că aşteptasem, ca un prost, pe
scara rece de piatră, o străină care, probabil, mă minţise şi
petrecuse până la oara aia în vreun club, în timp ce conşti-
inţa mea naivă nu-mi dădea pace. Dar, în clipa în care a
ridicat privirea şi m-a privit cu ochii ei mari şi negri, am
uitat totul şi am rămas blocat pentru a nu ştiu câta oară.
Pentru o vreme, nici unul din noi nu a reuşit să spună
ceva, dar, după ce mă îmbărbătez cât de cât, mă ridic în
întâmpinarea ei şi îi spun:

— Sper că nu te-am speriat, doar că astăzi m-am gân-
dit mult la tine şi la ce mi-ai spus în maşină şi nu am re-
uşit să dorm.

Tăcere din partea ei.

— Şi nu ştiam nimic altceva despre tine, decât asta,
scara la care te-am lăsat. Voiam doar să văd că eşti bine...
din nou şi zâmbesc, conştient de bâlbâiala mea.

Zâmbeşte şi ea nevinovată, neştiind, probabil, ce să
îmi spună. Faţa mea nebărbierită şi obosită o făcea să
creadă că are de a face cu vreun dereglat sau vreun nebun,
dar eu eram deja aici, inevitabilul întâlnirii se produse, aşa
că nu puteam decât să stau şi să aştept să spună şi ea ceva.
Eram hotărât să nu mai fug ca astăzi, la prânz... Oricât de
penibil aş fi fost trebuia să fac asta, dacă nu pentru ea,
măcar pentru mine.

– Mihai, nu vrei să urci până la mine să bei o cafea?
Ştiu că este târziu pentru cafea, dar, poate, vrei un ceai,
sau... şi zâmbeşte...

Îi dau repede un răspuns afirmativ şi îi îngădui să
treacă pe lângă mine, să mă ghideze spre locuinţa ei. Lasă
în urmă un parfum dulceag, de flori de primavară, dar şi
un miros discret, de alcool. Bineînţeles că băuse, doar ve-
nea dintr-un club sau de la vreun bar... doar nu se servea
apă plată acolo. Gândurile mele cretine continuau să mă
înnebunească până la intrarea în casă. Rămân din nou
stupefiat. Wow, are un apartament enorm, decorat în
întregime în alb, cu nişte candelabre imense în sufragerie,
ce păreau desprinse dintr-un vechi castel francez, dar cu
o mobilă cu un design modern ce umplea aproape toţi
pereţii. Îmi caut de treabă tăcut, în sufragerie, cât timp ea
s-a scuzat că merge să se schimbe. Îi admir tablourile.
Sunt imense şi peste tot, dar, ceea ce m-a uimit şi mai
mult, a fost să descopăr portretul ei. Un tablou complicat,
făcut din trei piese în care Maria îmi zâmbea din trei
ipostaze diferite.

S-a întors îmbrăcată într-un tricou şi o pereche de
pantaloni scurţi. Observ că deja se şi demachiase şi arăta
superb aşa, cu părul prins neglijent în vârful capului şi cu
ochelarii de vedere la ochi... genul de frumuseţe naturală,
de care te îndrăgosteşti la prima vedere şi al carei chip nu
îl uiţi toată viaţa. Rămân pentru a nu ştiu câta oară uluit
de frumuseţea ei şi încerc să mă concentrez, noroc că reu-
şeşte ea să poarte o discuţie de complezenţă: mă simt co-
mod? ce vreau să beau? pot fuma oriunde îmi doresc, fără
să îmi fac probleme.

Desface o sticlă de vin alb şi mă serveşte cu un pahar,
îşi pune şi ea unul:

– Nu am vrut să te îngrijorezi din cauza mea. Astăzi nu ştiu ce a fost în mintea mea când ţi-am spus lucrul ăla.

– Nu e nimic, eu îmi cer scuze că în maşină nu am reuşit să îţi spun nimic. Eram uimit şi, oarecum, şocat.

– Nu aveai ce să-mi spui, a fost vina mea. Doar că, am avut câteva zile grele şi nişte decizii importante de luat, de una singură – face pauză – şi nu e nimeni în jurul meu care să îmi ştie problema...

Urmează o altă pauză în care mă gândeam dacă să intervin sau să o las să îşi continue gândurile...

– ...şi cred că m-am simţit puţin mai eliberată să spun asta unui necunoscut.

Rămân stupefiat:

– Nimeni nu ştie? Adică nu ai vorbit cu nimeni despre asta?

– Nu, ce rost are?

– Nu ştiu, dar ai nevoie de ajutor, de sprijin, de cineva care să fie lângă tine.

Zâmbeşte timid:

– În momentul ăsta nu am nevoie de nimeni, cred. Am nevoie doar să mai vorbesc, din când în când, cu cineva. Problema este că veştile sunt încă proaspete pentru mine şi nu m-am hotărât ce să fac. Aşa că am amânat inevitabilul cât mai mult timp posibil.

– Aş putea să-ţi fiu eu prieten, adică aş putea să încerc să îţi fiu aproape, să te ascult, ai putea să te bazezi pe mine în sensul ăsta.

Zâmbeşte şi îşi mai aprinde o ţigară, încercând, probabil, să tragă de timp ca să găsească un răspuns destul de potrivit.

– Îţi mulţumesc, Mihai, dar, în momentul de faţă, nu îmi permit luxul de a-mi face noi prieteni sau confidenţi.

Ar suferi prea mult și ei, și eu. Și, sincer, nu cred că am dreptul să îți fac asta.

Rămânem amândoi tăcuți pentru ceva vreme, vreme în care eu mă gândeam la un suflet care suferă atât de mult și pe care încercam să îl înțeleg, iar ea era pierdută în gândurile ei. A fost nevoie de vreo oră de conversații banale și inutile și să terminăm sticla de vin, ca să ne destindem amândoi cu adevărat și să vorbim clar și sincer despre problema ei... După o îndelungă reflecție și tot felul de frământări, a aceptat să ne mai întâlnim, din când în când. A recunoscut că îi face bine să vorbească cu cineva și că i-ar plăcea să scriu o carte despre ea și povestea ei, atâta timp cât nu-i menționez adevăratul nume. Bineînțeles că mă încântă gândul, doar eu am venit cu propunerea, iar ea mi-a flatat puțin orgoliul când mi-a spus că îmi citise toate cărțile și că îi plăcea foarte mult ce scriu și cum scriu. Aseară nu am reușit să aflu prea multe, dar am plecat de la ea cu promisiunea că îmi va povesti totul treptat și că va scrie și ea fragmente și texte, pe care eu ar trebui să le modific ulterior și să le adaug în carte.

Astăzi sunt obosit și fără vlagă și nu am nici un chef să merg deseară la aniversarea lui Vlad. Chiar dacă ieri mi s-a împărtășit o poveste uimitoare și dureroasă sunt extaziat, sunt încântat și încă mă simt plutind pe un norișor. În viața mea a intrat o persoană uimitoare a cărei poveste o voi împărtăși întregii lumi, iar tot ceea ce pot spera este să nu mă îndrăgostesc de ea.

Vineri, 23 august.

E 2:00 noaptea şi mi se închid ochii, nemaivorbind de paharele de alcool care se joacă cu „filamentele" din capul meu precum şoarecele şi pisica. Şi, oricât de mult mi-aş dori să mă bag în pat şi să alunec spre paradisul viselor, nu pot. Am primit un e-mail de la Maria. Îmi povesteşte cum a fost ziua ei de ieri, ziua când am întâlnit-o. Şi, după ce îl citesc dintr-o răsuflare, rămân uimit, de fata asta, care îşi povesteşte atât de natural drama... În unele momente aveam impresia că este un alterego care a făcut o însemnare, la beţie, iar acum, trezit la realitate, nu mai reuşeşte să îşi aducă aminte. Dar mă hotărăsc să transcriu totul aici, fără să aduc vreo modificare nici acum şi nici pe viitor. O să vă las pe voi să îi vedeţi gândurile în adevarata splendoare a nenorocirii.

„Cum este să auzi, la 25 de ani, că viaţa ta este pe sfârşite, că eşti bolnavă de cancer şi că mai ai o lună, două, poate trei, de trăit?

În clipa în care am aflat asta sau, de fapt, momentul când mi s-a confirmat, am simţit că îmi fuge pământul de sub picioare. Aceea a fost moartea mea efectivă, a tot ceea ce fusesem şi devenisem până atunci, dar şi începutul unei noi vieţi. Scurtă, de altfel, pentru că doctorul nu mi-a garantat că am prea mult de trăit. Am înţeles atunci că oricum nimeni, niciodată, nu ne va garanta că mâine sau poate anul viitor vom mai fi în viață. Am înțeles atunci, că viața nu constă decât în clipa prezentă și că asta este tot ce contează.

Am ieșit din cabinetul doctorului cu un dosar de hârtii în mâini, condamnarea mea la moartea fizică. Am ieșit de acolo o altă femeie, un alt om, poate mai bun, poate mai rău, nu știu, doar altul.

Pe biletul morții scria: tumoră malignă pulmonară sau, așa cum îl cunoaștem cu toții, cancer pulmonar. Eram într-un stadiu avansat pentru că ajunsesem la doctor în ultimul moment, ignorând durerile și semnele clare, așa cum făcusem aproape cu totul în viața mea. Amânasem și tot amânasem... Nu am dat niciodată prea mare importanță durerilor sau sănătății mele, nu am avut cazuri de boli incurabile în familie sau printre cei apropiați, eram doar o persoană, ca oricare alta, care nu se gândea decât la ceea ce spunea societatea că este important. Am încercat să am o viață frumoasă și îmbelșugată, să călătoresc și să fiu împlinită, am căutat tot timpul fericirea mea, chiar dacă asta i-a facut de multe ori pe alții nefericiți, am încercat să fiu tot ceea ce nu mi-am dorit niciodată, dar trebuia, pentru că asta îmi spuneau prietenii, colegii, cunoscuții și părinții că este important. Știam care sunt valorile care trebuie apreciate și făceam tot posibilul să le respect, nu conta cum și pe cine fac nefericit pe parcursul ascensiunii mele. Am avut o viață banală, dar într-o zi m-am trezit și am aflat că sunt bolnavă, am realizat că voi muri.

În cabinetul medicului am fost liniștită, am discutat posibilitățile pe care le aveam, nici una nu îmi surâdea, pentru că doctorul a fost destul de sincer cu mine, mi-a spus că niciun tratament nu m-ar putea face bine Discutase deja cu colegii lui și, în ultima lună de când se desfășurau investigațiile, îmi trimisese dosarul și la un cabinet din Elveția de unde primisese aceleași rezultate.

*Dar îmi spunea că există variante care m-ar ajuta să îmi prelun-
gesc viaţa, că aş putea lua diverse medicamente care m-ar ajuta să
sufăr mai puţin, că aş putea face chimioterapie care mi-ar mai da
ceva speranţă de viaţă, aş putea încerca tratamente alternative...
asta era realitatea. Nu exista nimic care să mă vindece sau, mă-
car, să-mi amelioreze boala. Am vorbit cu el despre toate efectele
secundare şi benefice ale tuturor tratamentelor, dar eu ştiam, în
adâncul sufletului meu, că aş prefera să mai traiesc puţin şi bine,
lucidă şi stăpână pe mine, decât să zac într-un pat de spital,
aşteptând somnul de veci.*

*Am plecat din cabinet cu un termen ce trebuia îndeplinit în
curând, dar, pentru prima dată în viaţa mea, mă simţeam liniştită,
simţeam că nu mai trebuie să alerg sau să mai caut disperată
ceva... ştiam că sfârşitul este aproape.*

*Dumnezeu sau poate soarta mi-a trimis în cale pe cineva, un
bărbat atât de cunoscut dar, care, pentru mine, până ieri, era
un străin, un om care mi-a facut un bine. M-am urcat în maşina
lui să mă ducă acasă, i-am spus adresa calm şi încet şi apoi m-am
aşezat mai comod în scaun. Mi-am pus dosarul în braţe şi,
atingându-l uşor cu degetele, m-am gândit pentru o secundă că,
dacă aş deschide geamul maşinii în care mă aflam şi îl aruncam,
poate totul se încheia, poate boala mea ar dispăre miraculos.
Voiam să fiu precum struţul pe care îl văzusem într-o grădină
zoologică din Bali, cu vreun an în urmă, cu capul ascuns între
crengile unui tufiş, dar cu corpul afară, expus oricărei primejdii,
dar el, în stupiditatea inconştienţei lui, era liniştit, pentru că ceea
ce nu vezi şi nu auzi, nu există. Am zâmbit timid şi conştientă de
naivitatea gândurilor mele, am mai privit o dată dosarul, iar apoi
mi-am ridicat privirea. M-am uitat la bărbatul ăsta atât de bun
de lânga mine, atât de frumos şi mândru. Mă uitam la el şi ve-
deam că şi el este trist, îl vedeam că suferă şi, probabil, are şi el*

gânduri apăsătoare care nu îl lasă să doarmă noaptea, ca și pe mine, de altfel. Singura diferență dintre noi doi este că eu am un trecut care trebuie lămurit și încheiat, iar el are un viitor în față, un viitor pe care trebuie să îl gestioneze și să îl înfrunte. Am zâmbit în sinea mea când l-am vazut că se înroșește și am citit pe fața lui schimonosită de furie că se abținea cu greu să nu îl înjure pe cel care aproape i-a „tăiat" fața. Mă uitam pe geam și nu vedeam decât alte mașini, toate la fel ca și cea în care mă aflam, dar vopsite diferit, o amăgire a societății noastre moderne. Același obiect, într-o formă diferită, care, la urma urmei, ar trebui să fie doar o modalitate ușoară de locomoție. Ceilalți șoferi erau la fel, toți îngândurați, grăbiți și nervoși, râzând forțat sau gesticulând schizofrenic. Mi s-a părut, pentru un moment, că asist la un spectacol de teatru, că tot cee ce se desfășura în fața ochilor mei se petrecea pe o mare scenă, eu fiind singurul spectator... Doar că actorii erau al naibii de buni, erau foarte implicați în ceea ce făceau.

Nici nu am reușit să îmi termin cursul gândurilor că ne apropiam deja de casă, totul mi se părea atât de familiar, știam că facem prima la stânga și gata, am ajuns. Dar era prima dată când observam cu adevărat totul. Cobor din mașină și îi spun ceva celui care a avut bunavoința să mă aducă. Inițial, nici nu am realizat ce i-am spus, de parcă aș fi fost surdă la propriile vorbe. Abia târziu, în noapte, mi-am amintit clar ceea ce se întâmplase.

Am coborât și m-am grăbit spre intrarea în scară, dar apoi mă opresc și îmi zic: „Stai, nu trebuie să mai alergi". M-am așezat pe treptele din fața scării și, pentru că nu era nimeni în jur, am aprins o țigară și am început să plâng. Am plâns liniștit, cu lacrimi mari și usturătoare, am plâns pentru toată nefericirea mea de atunci, dar și pentru tot ceea ce urma să vină. Am plâns pentru că am realizat pentru prima dată de când doctorul mi-a dat sentința, că am doi părinți care mă iubesc și că eu sunt unica lor *fiica. Am plâns pentru suferinţa lor viitoare, dar şi pentru a mea. Ţigara m-a ajutat să mă mai calmez, iar în cinci minute eram ca nouă, doar dârele pe care lacrimile mi le făcuseră pe obraji mai erau martorele suferinţei mele. Am urcat cele câteva trepe de la intrare, iar în lift am şters tăcută tot ceea ce mă trăda, mi-am ataşat un zâmbet fals pe faţă şi am ascuns dosarul în poşeta Hermes, pe care, cu 6 luni în urmă, mi-o dorisem cu disperare, dar, la care, acum, mă uitam dezamăgită.*

Mă aşteptau Patricia şi Nicu, dar şi Elena cu noul ei prieten, Dragoş. I-am îmbrăţişat şi i-am sărutat pe toţi pentru ca nu îi mai văzusem de două luni. Veniseră în Bucureşti cu o seară în urmă şi nu ne întâlniserăm încă. Patricia şi Nicu nu locuiesc în capitală, sunt din oraşul în care m-am născut şi eu şi au venit să mă vadă, să petrecem ceva vreme împreună.

Elena şi Patricia chiar îmi lipsiseră enorm. Ne ştim încă din timpul liceului şi ne apropie mai mult de zece ani de prietenie şi de vorbit aproape zilnic la telefon... sunt cele care au ştiut şi ştiu totul despre mine... mmm aproape tot. Ne-am aşezat cu toţii în bucătărie, la o ţigară, şi am început să depănăm, tête-à-tête, întâmplările din cele două luni de absenţă. I-am minţit spunân-du-le că a fost nevoie să fac nişte analize şi am descoperit că am o lipsă de calciu. M-au crezut, aşa că am continuat discuţiile fără niciun fel de problemă.

Seara, Nicu şi noul prieten al Elenei au ieşit la un bar din apropiere să vadă meciul de fotbal pe care toţi microbiştii îl aşteptau de câteva săptămâni bune: România-Ungaria. Aşa că noi, fetele, am avut trei ore la dispoziţie. În pijamale, în compa-nia multor pahare de vin alb şi ţigări, am depănat, ca în vremurile bune, amintiri, ne-am spus doleanţele, secretele şi tot ceea ce ne frământase în cele două luni de despărţire. Am stat, am ascultat şi am dat sfaturi, am povestit şi am răsucit pe toate părţile acelaşi

subiect, de zeci şi zeci de ori. Mă simţeam bine în compania lor.
Aproape că uitasem de problema mea, dar, de fiecare dată când
îmi venea în minte, mă gândeam că mâine este o nouă zi. Când
voi rămâne singură, voi găsi un răspuns pentru toate întrebările.

În fond, discutam despre aceleaşi şi aceleaşi lucruri ca de fie-
care dată, puţin schimbate, dar mereu aceleaşi. Patricia şi soţul ei
încă se luptau să se descurce cu banii şi încercau să îşi schimbe
serviciul. Voiau o viaţă mai bună pentru ei şi pentru viitorii
copii. Ea şi Nicu se căsătoriseră cu doi ani în urmă şi încercau să
facă ceva cu viaţa lor... ea, de fapt, pentru că asta era problema
pentru care se plângea şi se plânge de fiecare dată. Simte că se
zbate şi se luptă singură, că Nicu nu prea o ajută, că el este
mulţumit cu ceea ce are. Dar ea vrea mai mult, ca de fiecare dată,
ea a fost aceea dintre noi trei care a vrut mai mult, mai mult de la
viaţă, mai mult de la ea şi de la cei din jur. A avut tot timpul
aşteptări prea mari şi a fost tot timpul prea dezamăgită, dar încă
nu a realizat că asta este viaţa. După o dramă prin care a trecut
din pricina fratelui ei şi alte câteva din cauza părinţilor, ar fi
trebuit să se liniştească, să realizeze că în viaţă nu doar poziţia
şi lupta sunt importante. Îi spun asta după tot ce am aflat azi,
deşi, până acum, am împins-o şi am forţat-o, am ajutat-o şi eu să
spere şi să vrea mai mult. Elena are şi ea aceleaşi probleme. Se
plânge din cauza iubitului ei. Mereu s-a plâns. Pentru fata asta
tot ceea ce există în viaţă nu este foarte important; ea a fost
liniştită şi împlinită doar atunci când a iubit şi a fost iubită. A
trecut cu toţi iubiţii ei prin aceleaşi drame: gelozii, certuri,
despărţiri şi împăcări, pe unii i-a iubit ea prea mult, alţii au iu-
bit-o ei prea mult. În general, aceleaşi dileme. Acum se plânge din
cauza noului iubit. A pornit în relaţia cu el dorindu-şi o relaţie
mai liberă, pentru că cel dinainte a constrâns-o prea mult, a dorit
prea multe de la ea, a privat-o de libertate, dar, obişnuindu-l aşa

pe cel nou, a ajuns acum să regrete. El flirtează şi cu altele, vorbeşte şi cu altele, o face geloasă, dar ea nu recunoaşte niciodată, pentru că este conştientă că ea a stabilit regulile şi limitele. Eu relatez viaţa mea din ultimele două luni, înfrumuseţez puţin povestea şi o scurtez cât pot de mult. Spun că am fost bine şi liniştită, povestesc despre locurile pe care le-am vizitat şi vinurile pe care le-am băut. Las la o parte dramele prin care trec şi eu pentru că realizez că nu mai are niciun rost acum.

Seara trece repede în compania lor, băieţii se întorc fericiţi de la meci, iar noi hotărâm să mai bem ceva, la un bar din apropiere, înainte de a merge la culcare. Doar că, la întoarcere, îmi iau rămas bun de la prietenii mei şi cobor din taxi. Zâmbesc la ideea că voi fi liniştită şi singură, dar, când ridic privirea, văd că pe treptele din faţa scării mă aşteaptă cineva. Mă gândesc că poate nu sunt singură şi asta îmi dă puţină speranţă şi, abia atunci, îmi amintesc cuvintele pe care i le-am spus astăzi, în maşină.

Înainte să adorm îmi trec pentru câteva clipe prin minte toate întâmplările din ziua respectivă, dar mă mint singură, îmi spun că sunt obosită, că mă voi gândi mâine, că voi vedea şi adorm liniştită, visând la o nouă zi, o zi la fel ca cea de ieri, dinainte să aflu..."

Luni, 26 august.

Se spune că nu încetăm să ne jucăm pentru că îmbătrânim, ci îmbătrânim pentru că încetăm să ne jucăm. Orice om normal care nu a încetat să spere chiar din momentul în care s-a născut, nu renunță să se bucure de viață, nu renunță să se joace... Dar, un om defect, așa ca mine, care nu a simțit niciodată bucuria jocului, care nu a avut speranță pentru clipe de fericire, îmbătrânește încă din momentul în care se naște. Noi nu ne bucurăm așa, ca voi. Pe noi nu ne trezește la viață o zi călduroasă de vară, din contra, ne întristează și ne face să ne simțim bătrâni și fără putere.

Oricare dintre voi și-ar lăsa toată treaba unei zile la o parte și și-ar permite luxul de a-mi asculta toate gândurile astea fără speranță, mi-ar spune că mă alint. Că nu apreciez ceea ce am, că îmi bat joc de timp, de viață și de mine însumi. Toți mi-ați spune că, de fapt, totul se petrece în mintea mea și că e mai ușor să te bucuri de viață sau de tine, decât să stai și să te plângi. Dar cum să vă explic eu vouă, dar și mie, că sunt zile lungi când în fața ochilor mi se așterne ca o pâcla neagră, pe care nu o pot îndepărta, ce-mi fură toate culorile vieții? Sunt săptămâni și luni când nimeni și nimic nu mă poate ajuta să nu văd viața în gri. Sunt momente în care tot ce îmi doresc este să mor, să dispar complet de pe fața pământului. Iar apoi voi m-aţi întreba din nou: şi de ce nu o faci? Pentru că sunt om, aşa ca voi. Pentru că sunt laş şi fără putere, pentru că egoismul dispare şi în faţa ochilor îmi apare chipul dragilor mei parinţi. Pentru că, oricât de laş m-aş simţi în momentele acelea, în acelaşi timp vreau să-mi demostrez mie că sunt puternic şi pot să trec peste.

Sunt momente când un singur cuvânt mă poate dărâma sau, poate, o propoziţie exprimată greşit. Sunt imagini pe care ochii mei nu ar trebui sa le vadă, sunt sentimente pe care sufletul meu nu este capabil să le simtă. Aşa că eu şi ceilalţi ca mine ce facem? Stăm şi îndurăm totul. Nu vă spunem nimic, vouă muritorilor de rând, ţinem totul ascuns în sufletele astea egoiste, de gheaţă. Şi nu pentru că nu am vrea să împărtăşim totul cu voi sau pentru că suntem meschini, ci pentru că nu vrem să vă batem continuu la cap cu toate nemulţumirile noastre. Nu vrem să vă stricăm şi vouă buna dispoziţie. Aşa că ne retragem în noi înşine... Şi continuăm să ne ascundem în bula noastră de plastic, în speranţa că absenţa oricărui alt suflet ne va ajuta să ne refacem puterile. Pentru că voi, cei normali, voi, cei care vă exteriorizaţi toate sentimentele, ne obosiţi, ne furaţi din puteri şi din aură. O singură întâlnire cu voi, în momentele noastre slabe, ne poate epuiza şi dărâma complet.

Aşa că tăcem, ne ascundem şi ne retragem şi aşteptăm ca totul să treaca. Şi voi, în timpul ăsta, vă întrebaţi de ce nu răspundem la telefon, de ce dispărem de pe faţa pământului, de ce nu vă vorbim. Iar când totul trece, din nou minciunile noastre frumos rostite vă sunt de ajuns. Chiar dacă nu le credeţi şi nu acceptaţi, chiar dacă vă puneţi întrebări şi încercaţi să găsiţi răspunsuri, nici unul dintre voi nu face nimic. Pentru că nu este nimic de făcut.

Pentru că știți că sunt bolnav și că trebuie să mă lăsați să-mi treacă. Pentru că vă este frică să nu vă contagiați și voi, să nu suferiți și voi, așa că începeți, încet, încet să ne evitați, să nu vă mai gândiți la noi până când vă obișnuiți cu ideea.

Când eram mic și primele semne începeau să apară mă simțeam unic. Și nu conteneam să mă întreb aproape zilnic: „de ce?" De ce eu? De ce sunt altfel? Și nu vei găsi niciodată în viața reală pe cineva care să îți spună: da, sunt și eu ca tine. Pentru că suntem orgolioși și vrem să ne ascundem obrazul pătat al bolii. Și, la început, descoperi printre personajele cărților alți oameni ca tine și asta îți dă speranță, pentru că te gândești că nu ești singur. Iar apoi crești și, cu experiența bolii, începi să recunoști mai întâi printre prieteni, apoi printre străinii care se plimba liniștit pe stradă, alții bolnavi ca și tine. Care îți zâmbesc forțat, cei care tot timpul la întrebarea „Ești bine?" îți vor spune „da", chiar dacă tu știi că nu e așa. Îi vei recunoaște pe cei care râd forțat într-un grup mare de prieteni, dar ai căror ochi triști îi trădează. Îi recunosc acum de la distanță, dar niciodată nu mă voi duce la ei să îi iau în brațe și să le spun că îi înțeleg. De ce? Pentru că știu că trebuie să lupți singur cu boala asta. Pentru că un altul ca tine sau un psiholog sau unul care are impresia că te înțelege, nu te va ajuta, ci te va face să-ți pui și mai multe întrebări.

Și de aceea avem tot timpul zâmbetul ăsta crispat și toți mușchii în permanentă încordare. Controlându-ne continuu mișcările nu părem naturali și suntem conș-tienți de asta, știm că părem a fi marionete, tot timpul controlate, dar nu de un altul, ci tot de noi înșine. Și știm că ne dăm de gol și nu ne place, de aceea ne ascundem, ne retragem în hibernarea noastră obişnuită şi aşteptăm să treacă iarna.

Noi, oamenii, vrem să părem tot timpul ceea ce nu suntem, iar apoi îi condamnăm pe ceilalţi pentru că se poartă cu noi de parcă am fi altfel. Vrem soare călduros de vară, dar apoi ţipam la razele arzătoare pentru că sunt prea puternice. Vrem sinceritate din partea celorlalţi, dar noi îi minţim în privinţa celor mai banale lucruri. Vrem şi căutam cu disperare iubire, iar atunci când ea apare în calea noastră fugim pentru că nu vrem să suferim. Căutăm cu ardoare adrenalina, dar, când avem parte de ea, ne ascundem fricoşi în cuibul nostru. Ignorăm tot timpul sănătatea şi ne omorăm nervii construind castele şi cumpărând maşini, iar când sănătatea ne este prea şubredă din cauza muncii, blestemam din toţi rărunchii un Dumnezeu în care nici măcar nu credem, pentru greşelile noastre. Ne rugăm fierbinte noaptea, în paturile noastre, la clipa de mâine, cerem, implorăm zeităţile ca viitorul însorit să ajungă mai repede, iar când el ajunge, suntem prea ocupaţi cu construirea unui alt viitor, încât uităm să trăim. Ne minţim pe noi şi pe alţii spunând că ne dorim copii şi că nu vom repeta greşelile părinţilor noştri, când îi vom avea, iar când îi avem nu facem decât să ţipăm la ei şi să le îngrădim libertatea.

Libertatea este cea pe care cu toţii o căutăm şi o cerem cu disperare tot mai des, dar tot noi suntem cei care ne închidem de bună voie în cuşti de beton, muncind pentru alţii, blestemând un sistem pe care nu încercăm să îl schimbăm, ci îl facem şi mai rău. Ne uităm masochişti la televizor şi plângem pentru cazuri umanitare care nu ne privesc, dar nu facem nimic să schimbăm viaţa acelor oameni. Suntem miloşi şi buni la suflet – ne spunem, iar

atunci când vedem un câine vagabond pe stradă ne în-
duioşăm şi îl hrănim, dar când tot acei câini omoară un
suflet inofensiv, devenim noi animalele care vor să omoare
nişte necuvântătoare.

Suntem cu toţii şi buni şi răi şi căutam în viaţă binele,
iar când ne plictisim de el îmbrăţisăm şi răul. Ce este cel
mai ciudat pe acest pământ? Noi, oamenii. Pentru că
vrem să credem, dar nu ştim în ce, pentru că vrem să
trăim, dar alegem să nu o facem, pentru că ne naştem
ştiind că viaţa are o limită, dar ne speriem când sfârşitul
este aproape. Şi ne trăim întreaga viaţă necrezând în
nimic şi murim crezând în monştrii care ne blesteamă.

Sâmbătă, 31 august.

Din viața mea atât de banală și lipsită de sens se scurge o săptămână sau, poate, ceva mai mult, fără nici un semn din partea ei în afara unui e-mail în care îmi spune că va pleca din București și că mă va contacta când se întoarce. Dar chipul ei nu îmi dă pace: o visez noaptea în vise lungi, întunecate și întortocheate, o visez uneori ca pe un înger care a venit să mă salveze din iadul gândurilor mele, alteori ca pe o zeița zburătoare pe care o doresc din ce în ce mai mult. Tot ce îmi doresc în visele mele este să o ating, măcar cu vârfurile degetelor, dar, de fiecare dată când fac un pas către ea, ea se îndepărtează și mai mult de mine, încet, zburând, plutind parcă prin aer. Alteori o visez și cu ochii deschiși, iar mintea mea barbară și perversă își imaginează tot felul de scenarii erotice cu ea. Dar nu mă pot înfrâna. De fiecare dată când mă trezesc din vreo reverie mă blestem și mă înjur singur și am momente când mă gândesc că mi-am pierdut mințile, dar o doresc mult. Alteori mă imaginez ca un frate protector care vrea să o salveze din ghearele morții, un frate pe umărul căruia ea plânge și își spune durerile. Dar mereu, atunci când o văd, cu ochii închiși sau visând ziua în amiaza mare, ea este tristă, cu ochii lăcrimând mereu și mă privește rugătoare, îmi spune să o salvez.

Oare de ce sunt atât de obsedat de o fată pe care am întalnit-o doar de două ori și de ce viața mea simte că se scurge degeaba în așteptarea ei. Sunt momente când mă gândesc că m-am îndrăgostit tare și iremediabil de singurul înger pe care mi-a fost dat să îl întâlnesc. În alte momente mă gândesc că, poate, povestea ei de viață mă face să o visez atât de mult. Poate sufletul meu tâmp și melancolic, mereu doritor de suferințe masochiste, suferă de o poveste ca a ei. Îmi alimentez mereu mintea cu gânduri și supoziții în privința celei pe care sunt sigur că vreau să o cunosc mai bine și nu ma pot abține să nu îi trimit mailuri rugătoare, o cert aproape pentru absența ei din viața mea și o rog doar să mă anunțe că este bine.

Și nu îmi răspunde... Dar, într-o dimineață, mă trezesc și văd licărul care anunță un e-mail pe telefonul meu și chiar când mă rugam din tot sufletul să fie ea, pentru că simt că nu mai pot trai fără vreo veste din partea ei, parcă o ființă supremă mi-a răspuns la rugăciuni.

„Toți vorbesc despre sex în jurul meu. Spun că ne aflăm în secolul XXI și că sexul nu mai este un tabu. Vezi domnişoare de 16 ani care își povestesc noaptea trecută de sex sălbatic, de parcă ar povesti mamelor ce note au luat la şcoală. Bărbați de 40, 50 de ani nu își mai feresc timid, privirile libidinoase, atunci când mădularul li se întărește la vederea vreunei puştoaice, iar fete şi femei în toată firea s-au obișnuit să trateze sexul ca pe o monedă de schimb, iar barbații tânjesc în aşteptarea nopții. Mame şi tați spun liber că sexul este important şi le pun prezervative băieților, în ghiozdane, de la 15 ani. Cu toții, de la mic la mare, cunoaştem noțiunea de ménage a trois şi știm ce sunt cluburile de schimb, știm ce înseamnă sexul în grup şi enumerăm aproape toate pozițiile sexuale, iar în librării, dacă te duci, Kamasutra şi alte cărți

sexuale sunt sold out, iar vânzătoarea îţi zâmbeşte şi îţi spune că
este cadoul cel mai căutat.

Dar, dacă ştim într-adevăr totul, atunci de ce toate prietenele
mele îmi povestesc că sunt nesatisfăcute sexual? De ce partenerii
noştri plătesc femei profesioniste, dacă spun că nu le lipseşte
nimic acasă? Trăim nu într-o lume lipsită de tabuuri, ci într-o
lume unde doar faţada contează, unde falsitatea zâmbetului
după un orgasm prefăcut se transformă încet şi sigur în rupturi
de cupluri, de căsnicii şi de familii.

De ce îmi vin în minte toate astea acum? Pentru că la sfârşit
de drum mă întreb, dacă am fost vreodată fericită, mă gândesc la
orgasmul meu cel dintâi, dar şi la cel de pe urmă şi analizez. Oare
am făcut o alegere bună, oare mi-am împărţit sentimentele şi su-
doarea extazului cu cine trebuia? Sau trebuia să mai aştept? Ştiu
că nu mai au nici un rost regretele, dar singurul lucru care mă face
nefericită, este suferinţa sufletului meu nemulţumit. Nu un su-
flet îndrăgostit care tânjeşte deja pentru ceea ce o să piardă, ci
unul molcom şi plictisit care nu a iubit niciodată.

Dragostea, regretul meu cel din urmă..."

Ştiu că nu are nici un sens ceea ce vă spun acum, ştiu
că probabil scriu sub influenţa prezenţei ei în gândurile
mele, dar simt că încep să mă îndrăgostesc de ea, defini-
tiv şi iremediabil. Chiar dacă de abia am cunoscut-o, am
senzaţia aceea stranie, golul acela în stomac, care te anunţa
că ceva important este pe cale de a se petrece. Ceva im-
portant cu ea, cu mine, cu noi. Mai ştiu şi că sunt un
prost şi că voi suferi teribil când această poveste se va
încheia, dar nu văd nici un rost de a mă opri acum. Nu
cred că este momentul potrivit de a fi egoist şi de a-mi
proteja încă o dată sentimentele mele de puf, care nu au
fost deranjate în toată viaţa asta decât de evenimente

minore. Mă simt lângă ea când îi citesc însemnările şi îi împărtăşesc durerea şi ideile, împart cu ea până şi acelaşi suflet lipsit de dragoste şi de afecţiune. Şi eu, ca şi ea, am refuzat toată viaţa să mă îndrăgostesc, am respins tot timpul de lângă mine persoanele care aveau potenţial şi m-am ascuns în spatele minciunilor pe care mi le spuneam. Le povesteam prietenilor că eram îndrăgostit de fiecare femeie cu care am fost... doar mintea mea era conştientă de aberaţiile astea fără sens şi, probabil, nici ea, până astăzi, nu a înţeles rostul lor. Dar atunci când nu iubeşti şi nu suferi, nu trăieşti, iar când nu trăieşti eşti mort, nu eşti ca toţi ceilalţi. Iar eu, acasă, ascuns bine printre cărţile mele şi printre rândurile pe care încercam să le scriu, voiam să fiu altfel, să fiu diferit, dar afară, izolat de comoditatea cuibului meu, trebuia să îi mint pe alţii, dar şi pe mine, că sunt la fel ca ei. Dar astăzi mă trezesc la realitate, la 34 de ani şi realizez că în viaţa mea a trebuit să intre o persoană care este pe moarte, pentru ca eu să încep să trăiesc cu adevărat.

Se spune că cei care se sinucid sunt laşi, dar asta este departe de adevăr. Ai nevoie de foarte mult curaj pentru a lua moartea de mână şi a pleca la plimbare cu ea. Doar eu ştiu câte nopţi de frământare am avut şi doar pernele mele mi-au simţit lacrimile. Nenumărate momente fără sfârşit şi nopţi fără somn, zile de depresie cruntă când nu mai vedeam lumina clipei viitoare şi când eram surd la rugăminţile pline de dragoste ale celor apropiaţi. Şi totul pentru nimic, pentru că aşa m-am născut, aşa mi-a fost dat să fiu. Special, dar special în modul acela brutal, în care nimeni din jurul tău nu vede. Nu e o boală a pielii cu care te plimbi pe stradă şi toată lumea te priveşte compătimitor, e o boală invizibilă a minţii, unde tu eşti şi doctorul, dar şi pacientul. Tu te afunzi singur în infern, dar tot tu te ajuţi să ieşi la suprafaţă. Au fost zile lungi de suferinţă, dar doar de două ori am încercat cu adevărat să îmi iau viaţa şi, de fiecare dată, am eşuat lamentabil în braţele disperate ale mamei şi sub privirile triste ale tatălui şi ale fratelui meu. Şi mereu rămâneam mut, niciodată nu am încercat să explic cuiva de ce am încercat să fac asta. Pentru că am momente când nu reuşesc să îmi explic nici mie însumi. Cum poate explica un depresiv, unui om normal, că nu se poate da jos din pat astăzi pentru că este înnorat afară sau poate câinele pe care l-a văzut ieri mort pe autostradă i-a înnegurat mintea atât de mult încât nu se poate gândi decât la propria moarte? Cum îi pot explica eu, mamei mele, că sunt zile când nu înţeleg viaţa şi sensul ei sau că, în alte zile, am impresia că trăiesc în iad şi că toţi oamenii sunt nişte diavoli răi şi urâţi? Cum îi pot spune fratelui meu despre clipele când mă lasă rece, când nu stârneşte nici un sentiment în sufletul meu, nici de recunoştinţă, de dragoste, respect sau mândrie? Sau cum îl pot privi pe tata în faţă când simt că sunt un nimeni şi că nu fac nimic util societăţii, când simt că sunt un parazit murdar care nu îşi aşteaptă decât propria moarte?

Dar a fost nevoie de Maria în viaţa mea, nu ca să mă vindece, ci ca să îmi aducă puţină lumină în viaţa asta fără sens. Ea a fost cea care m-a făcut să realizez că o să mă trezesc într-o zi de cealaltă parte a ierbii şi o să văd că totul s-a spulberat într-o secundă sau, poate, chiar mai puţin, că am pierdut totul sau că de fapt nu am avut niciodată nimic de pierdut.

Între timp, de la ea nu am reuşit să mai obţin nici o întâlnire, ci doar notiţe sporadice, scrise fugar pe e-mail.

Luni, 2 septembrie.

„E atât de ciudat câte lucruri îți trec prin minte atunci când știi că viața ta este pe sfârșite. Mă întreb, oare bătrânii ce gândesc? Oare ei simt sfârșitul și îl așteaptă nepăsători sau tot ce fac în fiecare zi este să mai spere la puțin timp, la alte câteva amintiri, la o altă zi de viață? Dar eu nu sunt bătrână, iar ceea ce mi se întâmplă acum nu e cursul firesc al vieții, e doar o disfuncționalitate. Viața mea, din atâtea alte vieți, a fost aleasă pentru a face o schimbare, pentru a-i învăța pe alții ceva, poate pentru a-mi da mie credință și înțelepciune. Nu știu, nici nu ar trebui să mă întreb. E ciudat pentru că toată viața nu am făcut decât să mă întreb „de ce"? De ce eu? De ce mi se întâmplă mie toate astea? Dar, ajunsă în punctul ăsta, întrebările parcă nu mai au nici un rost, nu pot decât să mă așez, să stau calmă și să aștept deznodământul.

M-am trezit în coșmarul unei noi zile agitate petrecute cu Patricia și soțul ei care nu-mi lasă timp deloc să mă gândesc la traumele și dramele mele... La urma urmei nici nu sunt importante. Le mulțumesc în gând că nu ma lasă să cad pe gânduri și mulțumesc și cerurilor pentru ziua asta plină care mă scoate din monotonia gândurilor. Îmi petrec ziua alături de ei și mergem împreună la plimbare, la cumpărături, vorbim și discutăm în fața ceștilor de cafea și a scrumierelor pline.

Spre seară, plec cu ei spre casă, spre parinţii mei, care fac ceea ce se tot repeta de câţiva ani încoace, mă aşteaptă. Am de gând să stau cu ei câteva zile, zile liniştite care mă vor ajuta să uit tot.

S-a scurs o săptămână şi nici măcar nu am simţit, parcă a trecut prin ceaţă şi, când ajung din nou la Bucureşti, mă trezesc ca după o revelaţie şi realizez cât de puţin timp mai am. Mă sperii şi mă agit, nu mai ştiu ce să fac şi cum să-mi pun lucrurile mai repede în ordine, nu ştiu nici ce să fac mai întai, să vorbesc cu mine sau să vorbesc cu alţii? Dar nimeni nu ştie, în afară de tine.

Doctori, alte analize, aşteptând decizii usturătoare de la alţi medici, clipe de nelinişte petrecute singură, prin colţurile spita-lelor, acelaşi rezultat, nimic schimbat, nimic de făcut.

De ceva vreme încoace încep să observ medicii, asistentele, toţi cei care îmi ştiu tulburătoarea poveste. Îi văd cum se uită la mine cu milă, îi văd cum îşi pun întrebări fără sens şi fără răspuns, le citesc în priviri sentimentele de neputinţă şi de supărare pentru o viaţă atât de crudă care răpeşte o fetiţă. Dar, în mintea mea, mă întreb cu ce schimbă faptul că am 25 de ani... Dacă aş fi avut 70 ar fi fost mai puţin dureros? Nu, durerea este aceeaşi, nu sun-tem mai puţin împăcaţi cu moartea noastră sau a celor dragi, nicicând. Nu ne linişteşte faptul că mor de cancer sau de bătrâ-neţe, cum nu ne linişteşte nici dacă mor tineri sau bătrâni. Viaţa unui om reprezintă un univers întreg plin de stele şi constelaţii, de sori numeroşi care îi luminează zilnic calea, aşa cum reprez-intă, de altfel, doar un grăunte în oceanul deşertului. Suntem totul pentru atât de multe persoane, în aceeaşi măsură în care reprezentăm nimic pentru atât de mulţi.

Reuşesc, într-un final, să adun destul de multe dovezi pentru parinţii mei, dovezi că am încercat să fac ceva şi că nu m-am lăsat fără să nu mă zbat deloc. Dovezile liniştii mele, dar al nebuniei lor. Aşa că tot ce îmi mai rămâne de făcut este să pun totul în ordine, să mă gândesc la toate, să vând tot ce nu-şi mai are nici un rost sau sens şi să le las unele lucruri alor mei, să le las singurelor mele prietene ceva care sa le amintească de mine, dar de care se pot folosi atunci când vor avea nevoie. Încerc să donez tot ceea ce am în surplus, dar realizez că nu pot, că sunt egoistă chiar şi acum şi că mă gândesc mai mult la ai mei, decât la nişte necunoscuţi care poate nici nu vor aprecia sau, poate, da. Decid să nu-mi mai bat capul, ştiu că ai mei vor face după moartea mea ceea ce este drept, vor lua ei deciziile cele mai bune. Pun, de asemenea, punct unei relaţii de doi ani de zile, care oricum nu avea finalitate, unei relaţii care nu a avut oricum sens, de care oricum trăgeam ca un bou prins la jug, de dragul de a nu rămâne singură, de dragul de fi şi eu în rând cu lumea. El rămâne uimit şi nu se aşteapta, nu înţelege de unde această nebunie a mea, această decizie luată peste noapte, se mai zbate puţin, încearcă fără nici o şansă să mă facă să mă răzgândesc, dar, până la urmă, ajungem unde mi-am dorit. Ştiam că aşa se va termina, ştiam pentru că oamenii sunt egoişti şi îngâmfaţi atunci când iubesc, pentru că nu îi interesează nimic altceva în afară de iubirea şi de sentimentele lor. Dacă m-ar fi cunoscut măcar puţin în aceşti doi ani de relaţie sau, dacă m-ar fi iubit sincer şi necondiţionat, nu ar fi trebuit să realizeze că e ceva în neregulă? Nu ar fi trebuit să lupte prin toate mijloacele posibile ca să afle ce? Dar poate şi eu aş face la fel, poate nu i-am oferit nici o şansă să lupte pentru că prefer să mor singură, decât lângă persoana nepotrivită.

Adorm încă o dată, singură, gândindu-mă cât de ciudată este viaţa, că nu ne naştem singuri, că ne naştem înconjuraţi de atâtea persoane, ieşind din pântecul celei care ne iubeşte necondiţionat şi care o va face toată viaţa, dar toţi, cu toţii murim singuri. Nu e nimeni lângă noi care să ne simtă durerea sau care să ne ajute să mai tragem de viaţă, nu e nimeni nici care să ne împingă pe *tărâmul de dincolo, dar nici care să ne atragă. Adorm şi visez la nemurire, visez la încă o zi de viaţă.*

Ştiu că mă repet, Mihai, şi că mă contrazic cu multe. Recitind ce am scris astăzi, văd cât de neliniştită sunt, dar, probabil, ăsta e şi motivul pentru care am început să îţi scriu. Scriu, acum, la 25 de ani, un jurnal pe care îmi doream de mult să-l scriu, dar de care mi-a fost întotdeauna frică. Frică să-mi recitesc gândurile şi să fiu cu adevărat conştientă de frământările mele, frică de mine şi de necunoscutul din mine. Când am început să-mi aştern gândurile, parcă a devenit totul mult mai uşor, realizez că, deşi nimeni nu mă înţelege în ultimul timp, deşi nici măcar eu nu mai am milă faţă de gândurile mele, există, acasă, undeva, pe masa din sufragerie, un laptop care îmi va deveni cel mai bun psiholog şi, incontestabil, cel mai bun prieten. Există eul meu lăuntric care, de fiecare dată, când voi începe să scriu va ieşi la iveală şi va spune tot, va spune adevărul demult nespus, va spune povestea inimii mele.

Îţi mulţumesc că mă asculţi!"

Viaţa asta atât de nefericită care îmi este împărtăşită prin e-mailuri îmi fură până şi ultimele puteri. Astăzi mă simt mai slăbit şi mai întunecat ca oricând şi mă pun în locul ei. De ce nu am fost şi eu binecuvântat cu o boală atât de necruţătoare care să îmi fure totul fără să fiu eu nevoit să fac nimic? Eu, spre deosebire de voi toţi, nu îmi doresc viaţa asta şi nu mi-am dorit să mă fi născut, sau să fi existat, eu nu mi-am dorit să mă zbat şi să răzbat în viaţă. Eu nu vreau să sufăr, dar nici să fiu fericit, nu vreau nici să mă îndrăgostesc acum de o nălucă care să ia cu ea, atunci când va pleca, şi ultimul meu dram de speranţă. Eu vreau doar să nu fi existat, nici eu şi nici vreun alt Mihai.

Ştiu că nu am mai vorbit deloc cu mine însumi de când a intrat Maria în viaţa mea şi asta tocmai acum, când am cea mai mare nevoie. Dar, într-un fel, am intrat în amorțeala mea obișnuită, în starea când nu mă mai interesează nimic și nimeni și asta pentru că acum, nu mă mai interesează decât ea. Acum, în momentele mele proaste când am nevoie de ajutorul și de compania prietenilor mei, eu încerc să îi conving că sunt bine și să îi evit pe cât posibil. Mă ascund, în spatele minciunilor minții mele bolnave, care nu vrea decât să fie singură.

Dar viața mea este o prostie, este un cumul de secunde și de experiențe proaste, o mare de nefericire și de așteptare a momentului când o voi revedea, când o voi întâlni. Nervii mei sunt întinși la maximum și sunt furios și revoltat. Mi-e milă de mine, de sufletul meu rătăcit, care suferă pentru fericirea altora, dar eu, nefericitul, ce sentimente să mă mai am, după părerile voastre umile?

Mă simt din ce în ce mai depărtat și, parcă, într-o continuă contradicție, culmea, cu mine însumi. Nu-mi pot ierta păcatele săvârșite cu ani în urma, alegerile pe care le-am făcut pe parcursul timpului și nu pot accepta deloc aceasta ură care îmi inundă sufletul. Ura aceasta imensă pentru mine însumi. Nu am încredere deloc în Mihai și nici nu îl apreciez, trăiesc cu el pentru că așa am fost obligat, de parcă ar fi o mare pedeapsă prin care ar trebui să trec până la adânci bătrâneți. Am momente când îl accept așa cum este și, din când în când, îi dau dreptate, pentru că egoul este prea mare, fiind conștient că face parte din mine, dar sunt alte momente când nu fac nimic altceva decât să îmi țin mintea ocupată cu cititul sau cu alte activități plictisitoare ale celor din jur, doar pentru a nu mă certa iar singur. Zilele astea de depresie mă slăbesc groaznic și nu fac decât să mă întreb mereu, de ce? De ce eu? De ce nu pot fi la fel ca ceilalți oameni?

Marți, 3 septembrie.

Când întâlnim în lumea fizică o persoană care ne fascinează prin simpla ei prezență, universul nostru se zguduie și începe să-și piardă din strălucire. Iar tu te retragi, în ceea ce, odată, ți se părea un morman de fericire și ai impresia că tot ce te înconjoară devine banal, aproape amorf și inexistent. Așa că încetezi pentru o clipă, o zi sau o lună, să te mai gândești la tine și te concentrezi doar asupra ei. O iei la început stângaci și o analizezi pe ea ca om. Te gândești timid, în clipele libere la ea și îi analizezi calitățile și defectele, dar apoi totul se transformă într-o clipă și uiți momentul, când, de fapt, începe totul și ai impresia că viața ta este într-un *montagne russe* și că, într-o secundă, urmează să cobori la o viteză uluitoare. Nici nu îți dai seama că te gândești constant la ea decât atunci când te trezești într-o zi, dimineața devreme, și realizezi că, oricât de multe treburi ai avea de rezolvat în ziua respectivă, în mintea ta nu se află decât chipul ei. Și o cauți neîncetat în cele mai ascunse unghiuri ale minții tale, îți invoci fantezii nesatisfăcute, iar creierul tău își provoacă singur orgasme, imaginându-ți lucruri niciodată făcute, vorbe nespuse și speranțe fără de sfârșit.

Imaginația ta începe să preia controlul mai mult ca oricând și tu nu poți face nimic, decât să stai acolo și să suferi în tăcere. Boala asta nu are medicație, te gândești tu, dar te întrebi de ce trebuie să suferi singur și de ce nu poți vorbi cu tanti Rodica de la etajul trei despre ea? Pentru că, îți răspunzi singur cinci minute mai târziu, tanti Rodica îți va spune că ești nebun, că nu te poți îndrăgosti de o fantasmă, că nu poți iubi pe cineva pe care l-ai văzut de două ori în viața ta.

Iar eu ce fac? Stau și aștept – tot eu îmi răspund. Aștept ca povestea asta să se contureze, aștept timpul care îmi este doar dușman în ultima vreme, să treacă, aștept un semn de la ea și mă încurajez singur pentru a înfrunta totul.

Mă gândesc mai mult ca oricând la clipa de mâine și sunt sigur că voi ieși al naibii de șifonat din toată povestea asta, dar apoi îmi amintesc de clipa aceea întunecată, momentul când am aflat...

Noapte bună, dragă Mihai!

Joi, 5 septembrie.

Mă trezesc și sper la o zi mai senină. Cafeaua reușește să îmi aline până și ultimele gânduri negre. Răsuflu ușurat și mă bucur că, de data asta, a fost mai scurt. Mă bucur de asemenea că Maria nu m-a văzut așa, nu cred că m-ar fi recunoscut, eu cel puțin nu mă recunosc.

Dar străina mea nu a mai dat nici un semn și nici nu mi-a răspuns ultimului email. Încerc să o sun, dar mă lovesc de căsuța vocală, îi las un mesaj și încerc să găsesc disperat ceva de făcut astăzi, nu vreau să mai stau singur în casă. Așa că mă întâlnesc cu editorul meu și îi explic ultima mea idee de carte, îi povestesc printre rânduri și îl mint că este vorba despre ceva imaginar și mă mint și pe mine când îi spun că știu cum voi scrie și ce stil voi adopta. Alex e încântat de idee și deja se gândește la promovare, la copertă și la toate mărunțișurile astea de care eu nu m-am ocupat niciodată. Îmi petrec aproape toată ziua cu el și plec într-un final acasă, doar pentru vreo două ore, cât îmi ia să mă pregătesc pentru petrecerea din această seară. Vlad, prietenul meu, mă sunase să mă invite la o petrecere privată, la o casă, undeva în afara Bucureștiului. Mi-a prezentat totul într-o lumină atât de roz încât pentru o clipă am crezut că merg la vreo petrecere din L.A. exclusivistă și de lux. Dar nu mă interesa, voiam doar să ies și să beau, să nu mai stau singur cu gândurile mele. Voiam să profit de proaspăta mea întoarcere dintre morți.

La 7:30 punct, sunt gata, în fața scării, îmbrăcat în costumul meu negru (ținuta era *mandatory*, din câte îmi explicase el) îl așteptam pe Vlad să vină să mă ia. Ajunge, urc în mașină, discuțiile banale de rigoare, pornim în trombă. O dată ajunși acolo, după vreo două cocktailuri și trei shoturi, eram dezamăgit, pregătit să plec acasă. Cred că nu eram încă în depresie, pentru că totul mi se părea al naibii de banal și vulgar. Aceeași bărbați dintotdeuna, beți după câteva pahare, aceleași femei îmbrăcate vulgar și împopoțonate cu toate pietrele din Brazilia, veneau să îmi vorbească, să îmi spună că admiră o carte pe care nu o citiseră niciodată. Eram plictisit, plictisit să tot văd repetandu-se aceleași lucruri sau, poate, nu îndeajuns de beat încât să nu le mai observ. Nu știu care era răspunsul. Cert este că, din plictiseala piedestalului meu de aur, am pierdut momentul când pe ușă a intrat femeia aceea în roșu. Nu știu cine era, cu cine venise, dar era superba cum stătea acum, acolo, în balcon, în adierea blânda a vântului de seara. Rochia ei roșie era decupată la spate și îi vedeam toată coloana vertebrală, în frumusețea ei artistică, dar și umerii bronzați. Părul ei negru, ușor buclat, îmi amintea puțin de Maria, dar știam că nu putea fi ea.

Îmi mai comand un pahar de whisky, în încercarea de a intra în amorțeala aceea oarbă și mă apropii de balcon, vroind să îmi spulber visul. Ochii mei încețoșați deja, cereau confirmarea nălucii. Cu cât mă apropiam mai mult, cu atât aveam impresia că este ea, că va fi ea acolo în așteptarea mea, că este lumina de la capătul tunelului meu și că tot ce trebuie să fac este să ies în balcon. Mă îndrept încet spre ea, cu fiecare pas din ce în ce mai beat de fericire şi sufletul meu face un salt mortal şi se aruncă de la balcon când naluca se întoarce şi ochii văd ceea ce mintea ştia deja. Era doar o alta, o femeie ca toate celelalte de acolo, care împărţea cu străina mea doar beneficiul de a-i fi semănat pentru o clipă. După ce am început să vorbim, mintea mea a fost deziluzionată de mintea ei întârziată care ştie să reţină doar mărcile favorite şi să calculeze doar cât costă o pereche de pantofi şi o poşetă. Naiv, râdeam în sinea mea de mine, naiv am fost, că am crezut măcar pentru o clipă că îi poate semăna îngerului meu. Norocul ei au fost shoturile, shoturile tot mai multe pe care le-am ingerat pe nerăsuflate, pentru că a doua zi, nefericita, a putut să le povestească prietenelor cum i-a tras-o ea lui Mihai.

Am avut noroc de durerea infernală de cap de a doua zi că nu a lăsat creierului meu nici măcar un moment de reflexie, de reproş sau de gânduri negre.

Printre pastile şi pahare de apă fără fund, îi compun Mariei un email lung, disperat, ţipător la cer de disperat, în care îi cer o întâlnire. O mint şi îi spun că sunt interesat de detalii pentru carte, că am nevoie măcar de alte note şi de emailuri din partea ei, că vreau să îmi continui munca, iar, în final, o întreb ceea ce voiam să ştiu de la bun început, dacă este bine şi cum se mai simte.

Adorm, extenuat, cu capul pe birou, aşteptând un semn de la cea care nu binevoieşte să îmi răspundă.

Vineri, 6 septembrie.

Mă trezesc și mai liniștit astăzi, cred că negura s-a ridicat complet de pe mintea mea obosită, iar azi reușesc să privesc soarele ăsta puternic ca și când ar fi pentru prima oară. Mă bucur și mă liniștesc că am supraviețuit unei alte încercări, iar e-mailurile pe care le schimb cu ea îmi dau și mai multe puteri.

„M-am trezit astăzi atât de debusolată și realizez, pe zi ce trece, că eu nu aparțin nimanui, nici măcar mie, dar că, în același timp aparțin tuturor. Nu mai am nimic, nici gânduri, nici sentimente, nici amintiri... nici măcar trupul nu-mi aparține pentru că sunt datoare cu el încă din momentul în care m-am născut. Nu-mi aparține nici măcar inelul cu care «fostul» m-a cerut în căsătorie și pe care mi l-a oferit cu atâta drag, nici mama și tata nu sunt ai mei, nici măcar el, cel care mă iubea. Mă simt din ce în ce mai singură și realizez că nu am cum să schimb asta pentru că așa suntem noi sortiți să trăim sau pentru că așa alegem mereu. E straniu cum toate obiectele din lume îmi oferă din ce în ce mai puțină satisfacție și e ciudat că încep să realizez singură că lupt pentru o cauză pierdută, lupt pentru lucruri pe care nu le mai vreau și nici nu le-am vrut vreodată. Mă deranjează că abia acum realizez că tot timpul i-am pus pe cei mai insignifianți deasupra mea și pe cei buni dedesupt, dar mă liniștesc cu gândul

că sunt ca orice om: sunt obişnuită să mi se ierte de la cei buni şi caut acceptarea celor răi.

Voi ajunge în curând, când îmi voi găsi liniştea pe insula celor fericiţi, să realizez că am pierdut o viaţă şi între timp m-am pierdut şi pe mine şi voi realiza abia atunci că timpul nu se mai întoarce, că inocenţa s-a pierdut de mult şi că e prea târziu să mai lupt pentru orice. E trist cum noi oamenii suntem conştienţi că nu e bine să facem un lucru, dar, totuşi, îl facem, cu speranţa că noi şi ceilalţi ne înşelăm, că nu este aşa, dar cu certitudinea că la fel vor fi lucrurile, doar pentru că vrem să trăim, vrem să greşim şi să învăţăm şi vrem să ne schimbăm."

Citesc e-mailul ei de două ori, fără suflare şi îi răspund imediat:

„Maria, ştiu că este greu, dar noi nu suntem făcuţi să înţelegem lucrurile astea decât atunci când ne apropiem cu paşi repezi de sfârşit. Viaţa nu e decât un cumul de experienţe, o autobiografie incompletă, o luptă inutilă cu moartea, nenorocire, fericire, dezmăţ şi dezamăgire. Moartea, pierderea în abisul speranţei, despărţirea de locul natal şi liniştea. Linişte, asta îmi imaginez eu că ne aşteaptă în momentul în care ne încheiem contractul cu viaţa. Liniştea aceea albă, care îţi umple sufletul, o formă neclară de fericire, un lung drum spre paradis. Ştiu că este ciudat că noi nu alegem să ne naştem şi, în mod normal, nu ar trebui să alegem să murim. E straniu cum lucrurile aflate la poli atât de opuşi se pot atrage atât de mult, sau de fapt nu pot exista unul fără celălalt. E ciudat că ne place să trăim, dar nu şi să murim. Viaţa şi moartea, începutul şi sfârşitul fiecaruia dintre noi, apoi, restul, tot ceea ce se întâmplă între cele două, depinde în mare parte de noi, de părinţi şi de familie, de prieteni şi de societate. Nu putem

schimba începutul şi sfârşitul, dar putem influenţa atât de mult
restul."

Nici eu nu ştiam ce să îi spun, meditez acum şi re-
citesc ceea ce i-am trimis deja. Chiar dacă, iniţial, voiam
să sune ca o încurajare, acum văd că, de fapt, eu, cel care
nu are nici o speranţă şi nici o pretenţie de la viaţă, nu pot
încuraja pe cineva care urmează să plece dintre noi. Nu
pot să fiu atât de cinic şi mincinos, când eu tot ce îmi
doresc este să zbor mai repede de aici. Pe când mă
pierdeam pe aripile gândurilor, primesc un alt e-mail de
la ea:

„Deranjant este, din punctul meu de vedere, că ni se spune că
suntem liberi, că ne naştem liberi, dar, totuşi, suntem înconjuraţi
de atât de multe reguli. Este o regulă să te naşti, ca să exişti, este
o regulă să petreci nouă luni din amărâta ta viaţă în pântecele
celei, care va deveni o regulă să îi spui mamă. Este o regulă să
mergi la şcoală şi să fii copil educat, să înveţi să minţi, ca să nu îi
superi pe ceilalţi, cu toate că suntem învăţaţi să nu minţim. Este
o regulă să te faci mare şi să te îndrăgosteşti, să te căsătoreşti
şi să faci copii, să produci bani printr-un mijloc sau altul, pen-
tru că e o regulă să-ţi asiguri un trai. E o regulă să aparţii unei
religii, pentru că este o regulă să crezi în Dumnezeu. Dar ni se
spune, că toate sunt lucruri perfect naturale, pe care ar trebui sa
le simţim, că sunt nişte reguli perfect normale, care fac parte din
noi. Suntem obligaţi, mai mult sau mai puţin, să ne purtăm ca
toţi ceilalţi, să nu ieşim în evidenţă, iar pedeapsa în cazul contrar
nu ar fi penitenţa sau uciderea, ci, pur şi simplu, excluderea din
societate, condamnarea zilnică, chiar şi de străini. Ori eşti la fel
ca noi ori stai singur şi, noi, ceilalţi, ne prefacem că nu te înţele-
gem, că nu eşti om, că nu faci parte dintre noi. La început, când

vei încerca primele abateri nu ţi se va părea o pedeapsă atât de grea, dar, apoi, în timp, vei realiza că cele mai subtile şi mărunte lucruri te deranjeaza cel mai mult. Vei observa că nu poţi trăi fără constanta aprobare a celor dragi, fără mângâierea şi alintul lor. Zilnic ni se aplică şi mai multe reguli şi ni se impun şi mai multe îndatoriri şi, cu toate astea, zilnic ne simţim din ce în ce mai liberi, pentru că suntem orbiţi. Era mai simplu pe vremuri, măcar îngenuncheam în faţa unui singur rege, acum suntem obligaţi să pupăm fundurile multor regi, suntem şi mai înrobiţi şi lipsiţi de libertate decât strămoşii noştri, suntem propriii noştri sclavi, dar şi ai altora. Suntem tot ceea ce ne jurăm în fiecare zi că nu vom deveni, cu toate că, suntem aşa încă din momentul în care ne naştem.

Ni se ia libertatea pentru simplul fapt că, la începuturi, nu suntem ai noştri, ci aparţinem părinţilor noştri, apoi, şcolii, apoi, muncii şi, mai târziu, soţilor şi soţiilor, iar, în final, copiilor şi familiei. Când realizăm că, de fapt, nu ne-am bucurat de libertate nici măcar un moment, suntem prea aproape de sfârşit ca să mai schimbăm ceva, aşa că rămânem singuri şi dezgoliţi în faţa inevitabilei morţi. "

Stau acum şi mă gândesc şi încerc să îmi imaginez ce se află în sufletul unui om care îşi pune întrebări despre o viaţă care nu va mai fi în curând. Citesc printre rânduri şi găsesc un suflet la fel de zbuciumat ca şi al meu şi nu contenesc să mă întreb dacă şi ea este la fel ca mine sau doar tragedia asta a determinat-o să devină aşa. Văd întrebări fără răspunsuri care îmi înnegurează şi mie mintea, iar dilema despre adevarata faţă a morţii o găsesc şi în gândurile ei. Ahh, dacă ar accepta măcar o întâlnire, faţă în faţă, aş citi mai multe în privirea ei, iar simpla ei prezenţă ar mai face dorul asta necontenit să dispară. Dar nu, continuă să mă amâne, spune că mâine, iar mâine parcă nu se mai apropie nicicând, dar negura care îmi întunecă gândurile din ce în ce mai tare îmi dă, în același timp, și speranță.

Cum poți să explici cuiva că, în cel mai întunecat vis al tău, tu vezi lumina? Nimeni nu poate înțelege că eu nu pot funcționa, normal și logic, decât atunci când mintea mea alunecă spre fundul prăpastiei. Lumina nu mi se așterne la picioare decât atunci când mă simt mai nenorocit și mai bolnav ca oricând. Restul timpului, acele zile când mai simt la fel ca voi, nu reprezintă decât o înșiruire de timp, o așteptare a adevăratei fețe a vieții. Știu că este greu și sunt conștient că, atunci când mă aflu cufundat în vise negre, tot ce îmi doresc este să ies mai repede de acolo, pentru că frica aceea oarbă care pune stăpânire pe mine în acele momente mă ghidează fără să vreau spre adevăr. Dar mă întreb iar, oare eu cum prefer să trăiesc?

Duminică, 8 septembrie.

Printre întâlnirile pe care le-am avut astăzi şi scrumiere pline, am recitit ce am scris în cartea Mariei şi mi se pare totul o porcarie, cea mai mare aberaţie. Ce naiba, doar nu mi-am pierdut capacitatea de a scrie odată cu întâlnirea cu ea? Dar, poate, am nevoie de o pauză, poate nu trebuie să mai scriu nimic o vreme, atât cât creierul meu să asimileze toate informaţiile.

Mă hotărăsc ca, timp de câteva zile, să evit să scriu, în afară de jurnalul acesta, bineînţeles... Dacă nu aş mai vorbi nici cu mine mi-aş pierde minţile de tot... şi aleg să citesc, în schimb. Acum ceva vreme m-am îndrăgostit de „Marele Gatsby" a lui F. Scott Fitzgerald, iar ieri am terminat „Un diamant cât hotelul Ritz", iar astăzi nu am altceva mai bun de făcut decât să mă delectez cu cele 500 de pagini din „Cei frumoşi şi blestemaţi". Maria nu mai scrie, aşa că eu nu pot face altceva decât să stau şi să aştept.

Este atât de straniu când eşti îndrăgostit, parcă toată lumea se opreşte în loc pentru tine şi tu nu poţi să faci nimic altceva decât să stai să aştepţi. Aştepţi un semn din partea ei, aştepţi o întâlnire, aştepţi un zâmbet care să îţi însenineze ziua. Nimic altceva din tot ceea ce ai făcut până atunci nu mai are farmec şi nici sens fără ea. Atunci când ne îndrăgostim, noi, cu toţii, uităm că pâna la

întâlnirea ei tu de fapt aveai o viață, trăiai bine-mersi în-
chis în balonul tău, iar prezența ei de fapt nu te-a binecu-
vântat, ci, din contra, ți-a cutremurat atât de tare universul
tău mic și egoist încât nu te mai poți gândi la tine, doar la
ea. Iubirea este oarbă spun mulți, este egoistă și dureroasă,
ea străbate munți și deschide porțile cele mai ferecate. Eu
nu știu dacă, într-adevăr iubesc, poate sufletul meu bar-
bar nici nu este în stare de un sentiment atât de nobil, dar,
ceea ce simt atunci când o văd sau mă gândesc la ea, nu
am mai simțit niciodată. Iar asta mă face al naibii de
fericit, chiar dacă nu o văd, chiar dacă știu că ea nu va
accepta niciodată să o sărut sau să o ating mai altfel decât
până acum, chiar dacă știu că va muri în curând și va lua
și sufletul meu odată cu ea, sunt fericit că am întâlnit-o.

Azi noapte am visat-o atât de clar încât, deși conștient
că visez, erau momente când conștiința mea se mințea
singură că este ceva real. În visul meu pervers, ea era doar
o femeie plătită, iar eu eu, cel care îi aștepta serviciile,
doritor. O observam încet, în vis, și parcă o vedeam pen-
tru prima dată, din spatele unei perdele de fum. I-am
zărit degetul mare al piciorului ieșind din pantoful negru.
Un pantof elegant, cu toc, care, era conștientă, că o face să
pară mai înaltă și cu picioarele mai suple. Unghiile de la
picioare erau date cu o ojă roșie, acea nuanță perfectă de
roșu, pe care a ales-o cu multă grijă în interminabilele ore
petrecute într-un coafor. Era vară în visul meu, așa că
piciorul nu îi era ascuns în ciorapul de mătase în care
știam că se simte atât de confortabil iarna, iar halatul
scurt, din mătase crem, se plia într-un fel ciudat, dar sexy,
în poziția în care stătea așezată pe scaun. Era conștientă
că era urmărită, așa că încerca să arate tot ce poate. Și-a
așezat încet mâna stânga pe picior, a întors capul spre

mine şi m-a lăsat să îi admir gâtul lung şi drept şi, în miş-
carea aceea voit senzuală, dar atât de naturală, halatul i-a
alunecat blând şi i-a căzut de pe umărul ei stâng. Pentru
un moment m-a privit cu o falsă timiditate, dar, într-o
clipă care a părut o eternitate, şi-a ridicat umărul halatu-
lui atât de obraznic, încât m-am pierdut.

Se privea în oglindă şi se admira. Se simţea puternică
pentru că ştia că şi eu o priveam şi o admiram, aşa că a
făcut ceva ce ştiam că nu îi place, dar de care era conş-
tientă că acum îi va da şi mai multă încredere în ea: şi-a
colorat buzele pline, cu un ruj roşu aprins, iar, la final a
zâmbit satisfăcută în oglindă. Era tristă pe dinăuntru,
simţeam asta, pentru că era conştientă că este doar ce
vede acum în oglindă, un ambalaj pe care încearca să îl
îmbrace fără nici un fel de satisfacţie... Dar existau mo-
mente, ca acestea, când prezenţa unui bărbat, martor al
ritualului zilnic, o făcea să se simtă puternică şi să rea-
lizeze că nu e în zadar. S-a întors încet, fără grabă, spre
mine şi s-a ridicat de pe scaun lăsându-şi halatul să cadă.
Mi-a spus că este gata, dar eu ştiam că nici măcar nu a
început. Şi... apoi... se face lumină şi mă trezesc subit din
vis şi îmi blestem gândurile astea negre care au putut
concepe ceva atât de murdar despre îngerul ăsta pur care
nu îmi dă pace. Dar era magnifică în vis, îmbrăcată în
haina aceea de femeie plătită, iar eu mă simţeam, din nou,
fără nici o putere, atât în vis cât şi în realitate.

Mă gândesc că toţi oamenii au nevoie de dragoste. Toţi,
ca şi mine, simt nevoia de iubire nebună pe plaje nisipoase
şi calde, sex exotic în locuri virgine, priviri sălbatice arun-
cate cu pasiune. Cu toţii avem nevoie de jumătăţi care
să ne îmbie vieţile, dimineaţa devreme, înfăşuraţi în

cearşafurile răsăritului de soare, până noaptea târziu, în visele întunecate.

Grecii spun că fiecare îşi are jumătatea pierdută undeva în sălbăticia acestui iad paradisiac. Datoria noastră este doar aceea de a avea ochii larg închişi şi sufletele deschise pentru momentul în care o să îi simţim aproape pe cel/cea destinată nouă.

Dar sufletul meu unde este? Unde se află porţia de fericire destinată mie şi doar mie? M-am săturat de cea împărţită cu tot colectivul.

Vreau să am parte de bucuria de a mă înfrupta singur din nectarul vieţii, vreau să gust din băutura zeilor şi îmi doresc liniştea îngerilor nemuritori.

Ştiu că am greşit mult şi continui să greşesc, m-am lăsat de mult învăluit de aceasta lene care îmi răpeşte raţiunea şi încă plătesc cu nefericirea mea multe „obiecte" care ar trebui să îmi aducă bucuria viitoare şi liniştea cea de toate zilele. Plătesc pentru lucruri pe care nu mi le doresc eu, ci pe care societatea le admiră invidioasă, ating obiecte fără sens, la care alţii doar visează, iar eu îmi consolez intelectul însângerat cu promisiunea că voi schimba ceva. Dar fiecare zi aduce o promisiune pentru ziua de mâine, veşnicul mâine...

Datoria faţă de societate, pe care o duc la capăt cu atât de multă responsabilitate, nu face decât să mă facă nefericit.

Miercuri, 11 septembrie.

Nu am mai scris de două zile aici, nu pentru că am fost trist sau depresiv, ci pentru că întâlnirea cu Maria m-a extenuat. Da, m-am întâlnit cu ea. În sfârşit, a avut bunăvoința să accepte întâlnirea cu mine. Am găsit-o obosită şi extenuată şi pe ea. Am văzut din ochii ei fără vlagă se scurge viața încet, iar printre cuvintele ei am citit lipsa aceea de speranță. Nu mă înțelegeți greşit, nu arăta rău, din contră, arată mai bine ca niciodată, iar aerul acela grav, dat de un sfârşit apropiat, o făcea să pară o ființă nepământeană. Părea undeva sus, deasupra noastră, vorbea ca şi cum se afla deja pe altă lume şi am rămas şocat de hotărârile pe care mi-a spus că le-a luat. Dar observam fermitate în glasul ei şi nu am încercat nici măcar o dată să o contrazic sau să o determin să procedeze în alt mod, pentru că eu ştiu cât de mult urăsc când alții încearcă să mă convingă să gândesc precum ei. Nu o să vă plictisesc cu toate detaliile întâlnirii noastre şi nici nu o sa vă redau toate discuțiile, pentru că nu vreau ca acea întâlnire să îşi piardă farmecul pe care gândurile mele îndrăgostite i l-au dat. Dar m-am hotărât să fac un rezumat a tot ceea ce mi-a rămas în minte. O să încerc să scriu aici tot ceea ce îmi amintesc că a spus ea, nu vreau să înfloresc sau să adaug lucruri care v-ar determina pe voi să o vedeți din punctul meu de vedere.

– Ce părere ai despre Dumnezeu? Crezi în existenta lui și a unei vieți viitoare? am întrebat-o eu dupa câteva pahare de vin și după vreo două fumuri liniștitoare. Ea a stat și s-a gândit un timp înainte să-mi răspundă.

– Sincer, nici nu știu ce să cred. Dacă m-ai fi întrebat asta cu vreo lună în urmă, probabil ti-aș fi spus că nu cred în existența unui Dumnezeu, în existența aceea divina pe care oamenii au transformat-o într-un monstru, datorită religiei. Părinții m-au botezat creștin-ortodox și văd că așa o să și mor, dar nu credeam și nu cred nici acum în Biblie și în toate fantasmele sfinților, nu cred că religia mea este cea corectă, dar, până acum, nici nu am întâlnit una care să mi se pară cea adevărată. În ultimul timp, am început să cred în cineva, în „persoana" aceea care se află mai presus de noi și care ne veghează de undeva, de departe. Am avut întotdeauna întrebări fără răspuns și acum cred că El este răspunsul la toate. Cred că, acum, tot ce am nevoie este puțină speranță și credință că nu voi ajunge într-un loc întunecat, pe care nu îl cunosc. Așa că permit și eu conștiinței mele să se încălzească cu ideea că exista un Dumnezeu și există o viață viitoare, unde voi ajunge.

– Văd că îți este frică, dar nu am înțeles de ce? De ceea ce va urma după? Sau de moartea însăși?

– Frica față de moarte nu am simțit niciodată și nu simt nici acum... este mai mult frică față de necunoscut. E Simt neputință în fața unui lucru pe care nu îl pot schimba. Îmi doresc doar să se termine totul mai repede, dar apoi, o clipă mai târziu, îmi doresc mai mult timp de care să pot profita.

– Te înțeleg... adică încerc să te înțeleg. Eu sunt la fel de confuz ca și tine și încerc să înțeleg sensul vieții acesteia banale. Şi încerc, în acelaşi timp, să înţeleg ce îţi poate trece prin cap atunci când mai ai puţin timp.

– Totul, dar, în acelaşi timp, nimic. Mă uit în jur şi viaţa este la fel, prietenii trăiesc la fel ca şi până acum, părinţii mei continuă să îmi vorbească ca şi până acum, iar soarele continuă să apună şi să răsară chiar dacă sunt momente când tu îţi doreşti ca el să stea în loc. Oricât de tragic te simţi în unele zile, cel mai dureros şi greu este să vezi că lumea nu se opreşte în loc, pentru tine. Totul îşi continuă ritmul cu aceeaşi intensitate şi viteză ca de obicei şi, foarte greu, realizezi că, de fapt, eşti doar un grăunte. Că eşti un nimic, un nimeni şi că naşterea ta nu a influenţat cu nimic lumea asta şi nici moartea ta nu o va face.

– Ţi-ai fi dorit să poţi schimba ceva? Să fi făcut ceva faimos şi important care să merite povestit şi amintit? Crezi că asta ţi-ar fi încălzit măcar puţin conştiinţa, acum?

– Nu, nu, nu mă înţelege greşit. Nu îmi doresc nimic, nici nu mai am putere să mai am dorinţe sau regrete, doar că mă doare să văd cât de măruntă sunt. Ştiu că reprezint totul pentru părinţii mei şi că doar pe mine mă au, ştiu că prietenii mă iubesc, dar mă doare. Cred că sufăr în avans pentru suferinţa lor.

Şi o văd că se întristează cu adevărat, îi văd pentru prima dată în seara asta, urma bolii pe obrazul obosit şi reuşesc să o înţeleg oarecum pe fata aceasta pe care simt că o părăsesc puterile.

– Te-ai hotărât ce vei face? Ai vorbit cu cineva? Cu parinţii tăi sau măcar cu vreo prietenă?

– În mintea mea este totul clar încă din primele zile. Nu am fost niciodată o luptătoare şi ştiam că nici lupta asta nu voi reuşi să o câştig, aşa că nici măcar nu m-am chinuit. Da, am fost la doctori şi am încercat să mă zbat puțin, dar știam că o fac degeaba, așa că am predat repede armele.

– Și nimeni nu știe? Știi că, mai devreme sau mai târziu, vor descoperi și, probabil, le va fi mai greu atunci și vor fi mai șocați. Ai putea să vorbești cu ei acum, cât încă mai ai puteri... îmi cer scuze nu am vrut să spun asta.

Îmi zâmbește trist:

– Ai dreptate, Mihai. Crezi că eu nu observ? Văd în fiecare dimineață în oglindă cum mă sting și, sincer, mă mir că nimeni nu mi-a spus nimic până acum. Mama mă găsește puțin mai slăbită, dar am reușit să o calmez repede. M-am hotărât deja cum voi face și nu, nu voi spune nimănui. Am hotărât să fiu egoistă, nu vreau să le văd suferița cât timp sunt încă în viață. Ce se va întâmpla după, nu știu, dar nu cred ca mai am suficiente puteri ca să îndur și asta.

Am luat-o în brațe, nu am reușit să mă controlez, iar ea s-a înmuiat imediat în căldura brațelor mele și nu a încercat deloc să se opună. Vedeam ca îi este greu și sufeream și eu odată cu ea. Am încercat să îi spun, să o îmbărbătez, i-am spus că o înțeleg și că vreau să o ajut cu totul, aproape i-am spus și de sentimentele mele față de ea. Dar m-a oprit la timp.

– Mihai, nu vreau complicații, ți-am spus că nu vreau să suferi și sunt conștientă că asta se va întâmpla oricum. Dar prefer să continui să fiu străina din viața ta pentru care o să suferi o săptămână și la care te vei mai gândi încă o lună... și atât. Nu vreau mai mult. Nu mă face să plec cu conștiința și mai încărcată.

– Dar, nu este ceva ce poți controla, am încercat eu să spun.

– Cred ar fi cel mai bine să ne oprim aici...

– Nu, uite, gata. Îţi promit că nu mai spun nimic. Hai să ne facem treaba amândoi. Tu eşti doar personajul cărţii mele şi atât.

– Promiţi?

– Promit.

Am avut noroc cu paharele de vin şi ţigara minune care ne-a ameţit atât de tare pe amândoi încât am căzut obosiţi pe canapeaua din sufrageria ei. Eu m-am trezit târziu, în noapte, şi am vazut că o ţineam strâns în braţe de parcă aş fi cunoscut-o de o veşnicie. Iar ea îşi făcea somnul dulce, cocoloşită în braţele mele amorţite. Nu am îndrăznit să fac nici o mişcare şi am continuat să o privesc mult, până târziu, spre dimineaţă, când razele calde ale soarelui m-au adormit iar. După câteva ore, ne-am trezit amândoi amorţiţi, ea roşie şi ruşinată, iar eu îmbujorat de fericire. Ne-am băut cafeaua împreună, timp în care am continuat discuţia din seara precedentă.

– Nu mi-ai spus până la urmă ce ai de gând să faci?

– Credeam ca ai înţeles. Voi face ceea ce este bine. Bine pentru mine, pentru că nu am de gând să stau să îmi aştept sfârşitul, dar şi pentru părinţii mei. Nu vreau să îşi găsească şi ei sfârşitul lânga mine, pe patul de spital.

– Adică ai de gând să te...

– Da. Cred că e cel mai bine.

– Şi când? Adică cum ai de gând să faci asta? Crezi că ai ales cea mai bună soluţie?

– Da, sunt sigură... Încă nu m-am gândit cum o voi face, dar, când va veni momentul şi voi simţi că sunt pregatită, voi alege.

Am ramas şocat de ea şi de mine. De mine pentru că nu îmi dădusem seama până acum că asta intenţiona ea în tot timpul ăsta şi pentru că mi se părea absurd ceea ce

făcea. Nu o puteam contrazice pentru că ar fi însemnat să
o mint. Doar și eu am încercat pentru cele mai absurde
motive să îmi iau viața, iar, dacă aș fi fost în locul ei,
probabil aș fi făcut același lucru. Dar încerc să o consolez
acum, o rog să mai amâne momentul și să nu o facă ime-
diat. Îmi răspunde și îmi spune că nu știe exact cât mai
poate aștepta. Chiar dacă mai are timp, timpul acesta atât
de puțin rămas, o roade pe dinăuntru.

— Mai sunt curios de un lucru, îi spun eu după o scurtă
tăcere din partea ei.

— Da, domnule profesor, îmi răspunde ea, zâmbind.
Lăsând gluma la o parte, spune, știi foarte bine că sunt
aici să îți răspund la întrebări...

Știam că se plictisise deja de toate întrebarile mele,
dar erau atât de multe fără răspuns și, în același timp, mă
gândeam că poate nu îmi va mai oferi prea curând șansa
de a o revedea.

— Este vreun lucru pe care îl regreți? Pe care îți dorești
să-l fi facut și acum nu mai poți?

Râde pentru câteva clipe, nu râsul acela care îi umple
gura și îi face fața să lumineze, ci un râs scurt, puțin sar-
castic, puțin forțat, care dădea de obicei de gol un copil
care făcuse o prostie iar acum e pe cale de a fi descoperit.

— M-am gândit mult la asta, îmi spune după câteva
clipe. Pentru că te aștepți ca, atunci când mori, totul să fie
ca în filmele alea siropoase, americane. Când toată lumea
este fericită, iar cea/cel care este pe cale să moară își înde-
plinește toate dorințele, iar apoi își dă ultima suflare, liniș-
tit și împăcat cu sine, în brațele celor apropiați. Dar nu se
întâmplă așa.

— Îmi imaginez, de aceea te și întreb.

– Sunt lucruri pe care mi le doresc în fiecare zi să le fac, sunt idei pe care le am aproape clipă de clipă. Dar, dacă stai şi analizezi totul la rece, realizezi că nu mai au nici un rost. Să spunem că mi-aş fi dorit să fiu astronaut, are vreun rost să mă plâng acum că nu mai apuc să ajung pe lună?

Râde, râd şi eu.

– Sincer acum, sunt multe lucruri pe care voiam să le fac şi mereu am amânat momentul pentru că mă gândeam că am timp. Îmi spuneam că, mâine sau la anul, le voi face. Doream din tot sufletul să mă las de fumat, dar acum oricât de mult rău mi-ar face, nu pot renunţa la o ultimă plăcere. Îmi doresc, de când eram mică, să îmi fac un tatuaj, unul banal şi micuţ, undeva ascuns pe corpul meu, de care doar eu să ştiu. Dacă l-aş face acum, nu m-ar mai încălzi cu nimic. Voiam să călătoresc, să văd lumea, dar acum tot ce îmi doresc este să stau aici, în ţară... Sunt multe lucruri pe care aş fi putut să le fac, dar culmea, acum tot ce îmi doresc este să fiu liniştită şi fericită în preajma celor dragi, nimic mai mult.

– Şi nu te-ai gândit la nimic ce ţi-ar plăcea să faci în mod special?

– Pune-te o secundă în locul meu. Gândeşte-te că vei muri poate mâine sau poate peste o lună. Ce ţi-ai dori să faci?

Mă gândesc o clipă, o clipă mai mult, dar nu-mi trece nimic prin mintea asta mereu pustie.

– ...nimic, spun eu. Ai dreptate, lucrurile pe care ţi le doreşti îşi pierd din farmec, dacă nu le faci atunci când trebuie. Şi nu mai au nici un rost atunci când le faci pe fugă.

– Pentru că suntem obișnuiți să ne procurăm amintiri, la gândul că le vom salva în mintea noastră cât mai mult timp posibil, că ne vom lăuda cu ele altora, că le vom povesti peste ani și ani. Dar, când timpul care credeai că îți este prieten, îți devine inamic, nu-ți mai dorești nimic.

– Decât să fii liniștit, spun eu.

– Da, liniște, asta este tot ce îmi doresc. Nu spun că voi sta în pat, amorfă, până când totul se va termina, nu spun că nu voi încerca să îndeplinesc tot ce îmi trece prin cap, dar nu voi mai avea nici aceeași satisfacție și nici plăcerea nu va mai fi ca altă dată.

Îmi petrec aproape toată după amiaza la ea, iar la prânz, când am gătit ceva împreună mă simțeam fericit și împlinit. Am lăsat pentru vreo două ore toate discuțiile serioase la o parte încercând să o amuz cu prostiile mele. Am râs puțin de viața și ne-am amuzat când mi-a povestit întâmplări fericite din copilaria ei. Mi-a povestit puțin și de ultima ei relație, un bărbat cam de vârsta mea și, care, datorită posibilităților lui financiare a ajutat-o să aibe tot ce avea. Mi-a povestit că a fost fericită, oarecum, alături de el și a petrecut momente frumoase, că a vizitat mult, ceea ce și-a dorit dintotdeuna să facă, dar, când îmi povestea aceste lucruri, citeam încă regretul unei persoane care nu a iubit. Una la fel ca mine, care a încercat totul pe lumea asta și a facut tot ceea ce și-a dorit, dar a fost privată de lucrul pe care ni-l dorim cu toții: iubirea.

Joi, 12 septembrie.

Miracolul unei noi zile mă îmbie cu un e-mail de la
ea. Și mă simt fericit și puternic, simt că pot dobândi tot
ceea ce îmi doresc, simt ceva înlăuntrul meu, ce nu cred
că am mai simțit vreodata, iar sentimentul ăsta nu mă
sperie, din contră, simt că îmi dă puteri înzecite. După ce
îi citesc mesajul îmi trec prin minte aceleași gânduri care
mi-au trecut și aseară, înainte să adorm, oare eu chiar
sunt îndrăgostit de ea? Am momente când sentimentul
ăsta de împlinire atunci când sunt sau când vorbesc cu ea
mă convinge că așa e, dar, în alte momente, mi se pare că
nu este nimic nou, că, de fapt, eu mai trăit deja toate as-
tea. Mă gândesc că nu este decât atracție fizică, dorința
asta enormă de a o avea, de a o poseda, de a fi înăuntrul
ei și spiritual, nu doar fizic. De când o cunosc, vreau să-i
găsesc un defect, unul cât de mic. Vreau să mă conving că
ființa asta celestă este, într-adevăr, reală, prin faptul că are
și defecte, nu doar calități. Am impresia că tot ceea ce
face și spune este perfect deși știu că nu e așa, dar mintea
mea nu găsește nimic. Iar asta este mai mult decât ciudat
pentru mine, pentru un om care descoperă prima dată la
oamenii pe care îi întâlnește defectele și, mai apoi, cali-
tățile. Datorită defectelor mi-am ales eu prietenii în viață
și tot datorită lor mi-am ales iubitele, pentru că am im-
presia că nu poți cunoaște și judeca un om, decât după ce

îi cunoşti partea aceea sumbră şi neagră. Nu poţi judeca părţile senine şi calde, decât după ce ai văzut şi ai acceptat tot întunericul din el. Şi, la Maria, nevăzând întunericul din ea, am impresia că mă las înşelat de mirajul ăsta de bunătate. Credeam la început, că, de fapt, aşa pozează ea, în faţă bună, iar tragedia prin care trece, mă face să o văd într-o lumină şi mai caldă. Dar nu, nu este aşa. Ea îmi povesteşte şi parţile ei întunecate, din trecut şi din prezent, ea nu se ascunde în spatele unor minciuni. Atunci, mă întreb, oare sunt eu defect? Sau, într-adevăr, mă îndrăgostesc pentru prima oară?

„Viaţa mea, după cum ţi-am mai spus, poate fi considerată banală pentru mulţi, dar, acum, privind în trecut, nu îmi aduc aminte decât de clipele frumoase, de momentele fericite şi realizez că anii mei de zbucium, acum, la final, nu reprezintă decât un cumul de clipe trăite uneori mai prost, alteori mai bine, clipe şi momente care m-au făcut să devin ceea ce sunt acum. Trăiri şi sentimente pe care nu le regret şi din care nu îmi doresc să schimb nimic.

Totul a fost simplu şi neinteresant, poate, până în momentul în care pe la 22 de ani, am întâlnit un băiat, un bărbat, care îmi depăşea cu câţiva ani, anii de viaţă pământească şi de experienţă. Un bărbat care s-a îndrăgostit iremediabil şi irecuperabil de mine şi, care, la început, dorea să îmi ofere totul, voia să mă transforme într-o prinţesă, pentru ca, mai apoi, eu să devin a lui. La început m-am lăsat îmbătată de nectarul ăsta scump la care nu visasem niciodată şi m-am lăsat purtată de val, mi-am dat voie să trăiesc într-un stil de viaţă care începuse să-mi placă. Dar, fericirea lui şi plăcerea mea pentru un nou stil de viaţă s-au stins curând, în doar două luni. Neîmpărtăşind acelaşi meleag, el locuind de ceva timp în ţările calde, am dorit să mă întorc acasă şi să îi vizitez pe ai mei. Dar, revenită iniţial pentru puţin timp, am decis să pun punct şi să rămân acasă. Pentru el a fost un şoc şi nici nu îmi imaginez ce a putut trece prin capul lui de om încăpăţânat, care crezuse că l-a agăţat pe Dumnezeu de un picior cu dragostea lui nemărginită. Aveam însă un motiv serios. Voiam să îmi termin studiile, visam să fac ceea ce îmi doream de mică, să scriu la vreo revistă sau la un ziar cunoscut din România. Îmi vedeam viitorul cu el abia când m-am întors pe meleagurile natale şi ştiam că o viitoare viaţă alături de el nu mi-ar fi permis să ajung altceva în afară de o soţie bună. Dar eu doream să răzbat, să demonstrez altora şi mie, că pot. Şi a urmat un an lung, care, la final, nu a fost nimic din ce mi-am dorit. Da, mi-am terminat studiile, da, am încercat şi mi-am aplicat CV-ul la multe publicaţii, am muncit vreo trei luni şi pro bono, doar, doar, m-o ajuta asta la vreo viitoare slujbă. Dar era greu şi totul se lăsa aşteptat, pentru totul trebuia să munceşti al naibii de mult şi oricât mi-aş fi dorit eu să fiu de ambiţioasă, nu m-am născut să fiu o luptătoare. Este drept, nici nu mă gândeam să renunţ, chiar dacă erau momente când regretam confortul pe care îl avusesem într-o viaţă înconjurată de mătăsuri, regretam puterea oarbă pe care argintul ţi-o dă, dar, a doua zi, nu făceam decât să regret şi să condamn gândurile mele materiale. Aş minţi dacă nu ţi-aş spune că în anul ăla am văzut că viaţa e într-adevăr grea, că eu nu voiam să muncesc doar de dragul de a munci şi că voiam să fac ceea ce îmi place, iar ceea ce îmi plăcea însemna să ai bani foarte puţini. Dar aş minţi dacă nu ţi-aş spune şi că anul acela m-am distrat enorm, că am ieşit mult cu prietenele mele şi că am avut numeroşi iubiţi, idile de tot felul, nimic serios, doar bărbaţi care îmi încălzeau patul, seara. Dar, pe la sfârşitul unui an de zbucium şi de distracţie, fostul, încă determinat de sentimente de dragoste, a început să îmi trimită mesaje. La început timide, în toiul nopţii, apoi, şi dimineaţa. Asta mi-a flatat puţin orgoliul, iar mesajele din ce în ce *mai dese pe care am început să le schimb cu el aproape zilnic m-au învăluit complet şi ajunsesem să cred că încep să mă îndrăgostesc şi eu de el. Dar eu mă îndrăgosteam de omul care îmi scria, de ceea ce gândea, de omul care ştiam că, în îmbrăţişarea lui caldă, îmi va lua toate grijile şi mă va ajuta să fac ceea ce îmi doresc. Impulsionată şi de acceptarea părinţilor şi a prietenilor, am acceptat ceea ce am continuat până acum aproape o lună."*

Sâmbătă, 14 septembrie.

Am trăit să văd și lumina zilei de astăzi, pentru că aseară, pentru multe ore bune m-am îndoit profund de acest lucru. Am crezut, pentru un moment, că toată viața mea se va rezuma la ziua de ieri.

Aseară, în beția minții mele am realizat că eu caut atât de des acel fum, dătător de fericire, doar pentru că îmi lipsește în viața reală acea stare. Mă afundam, cu ochii deschiși într-un abur, care, pentru câteva minute, mă făcea să simt ceva, să trăiesc ceva.

Am observat că o stare îndelungată de nefericire te poate duce fără să vrei și fără să poți controla la o stare de nefrică, o stare când plutești, nu mai simți nimic, pentru că, odată ce nu îți mai este frică de nimic, ești imun la toate, până și la extaz sau la fericire. Ajunsesem să fiu stăpân pe mine în anumite privințe, totuși am stat − cred − zece ani în starea asta amorfă, încât simțeam că nu mai trăiesc, până când, aseară am încercat acele ciuperci dătătoare de frică și de relaxare, acele ciuperci care te fac să vezi viața altfel, să o conștientizezi altfel.

A fost o seară de teroare, dar am realizat multe și am văzut lucruri pentru prima dată cu alți ochi și din altă perspectivă.

E ciudat, că noi, oamenii, luăm droguri în grup, pentru că nu ne place niciodată să simțim sau să trăim ceva de unii singuri, dar, suntem, în același timp, conștienți că fiecare trăiește altfel, fiecare are propriile lui gânduri. Dar, eu, aseară, puteam fi înconjurat de oricine, nici unul nu ar fi trăit ce trăiam eu, nimeni nu ar fi văzut ce vedeam eu. Iar eu am văzut valuri, valuri mari de nefericire, am văzut fobii de care eram conștient, dar până și pe cele pe care nu le mai văzusem de când eram mic și de care uitasem. Am văzut drame pe care nici nu mai știam că le țin minte, dar până și pe cele din prezent. Am trăit într-o noapte tot ceea ce nu mai trăisem în ultimele luni, am simțit că trăiesc, iar asta m-a speriat și nu îmi doream decât să ies, să plec din starea aceea, naivul de mine. Sunt conștient acum că, atunci când alegi un drum, nu mai există cale de întoarcere, dar, în acele ore de teroare, m-au marcat două lucruri. Unul prin care îmi doream foarte mult să trec și unul la care nici nu mă gândeam vreodată că mi-ar putea trece prin cap. M-am văzut pe mine, cum mă priveam din exterior, de undeva din spate și mă vedeam îndreptându-mă spre baie. M-am văzut dematerializat... este o senzație pe care nu am mai trăit-o niciodată și pe care nu cred că o voi mai trăi vreodată, este o senzație care te împlinește. Te sperie primul gând și te sperii când realizezi că îl privești pe străinul de tine, de undeva, din spate, din neant. Dar, apoi, când primele gânduri trec și realizezi că frica nu își are rostul, te liniștești. Sentimentul a durat prea puțin, poate nici măcar un minut, dar mie mi s-a părut atât de lung și de intens încât m-a istovit complet. Chiar dacă eram înconjurat de nenumărate persoane, recunosc că, atunci când m-am întors de la baie, nu am povestit nimănui prin ce am trecut. Erau sentimentul și senzația mea și simțeam că, împărtășind cu alții acele momente unice, ele își vor pierde din intensitate.

A doua senzație a fost ceva, după cum am mai spus, la care nu mă mai gândisem niciodată. A fost un moment când mi-a venit sclipitoarea idee că, de fapt, eu sunt vinovat pentru nefericirea mea. Iar gândul acesta m-a ținut antrenat, cred, jumătate din noapte. Mi-au venit în minte toate cuvintele spuse prost sau interpretate greșit, tot ceea ce trebuia să fac și nu am făcut, toate dățile când am spus prea multe, dar și atunci când am ales să nu spun nimic. M-am gândit că, de fapt, eu sunt un laș pentru că am ales să nu lupt și să mă zbat cu adevărat pentru idealurile mele, ci am așteptat mereu ca totul să îmi cadă din cer și eu stăteam și mă plângeam că nu e bine. Am văzut cu alți ochi toate cărțile mele și am realizat, pentru prima oară, că sunt un scriitor ratat, care nu scrie despre ce îi place lui, ci despre ce știe că muritorii citesc. M-am văzut mai legat și mai încarcerat ca niciodată și cred că atunci mintea mea și-a dat seama că, de fapt, ea nu a fost liberă niciodată, ci mereu oprimată și cenzurată, dar nu de alții, ci de propriul ei stăpân. Realizam atunci că îmi merit soarta și tot ceea ce trăiesc pentru că eu am ales să fiu așa. Așa cum a spus și Maria, amândoi am ales să facem niște lucruri gândindu-ne la o fericire ulterioară. Dar noi, oamenii, nu putem niciodată să ne construim viitorul, dacă nu începem cu prezentul. Cărămida zilei de mâine se va prăbuși, dacă cea a zilei de ieri este făcută din lut sau, din contră, lipsește complet.

Am văzut doar pentru o seară, în ultimii ani de zile, cum stau lucrurile de fapt, iar asta m-a speriat atât de tare, încât tot ce îmi doream era să nu mai gândesc. Nu mai voiam ca mintea mea să își lege ițele în găsirea unor răspunsuri de care eram conștient, dar pe care eram decis să nu le văd. Lucrul care mi s-a părut cel mai trist și, de care, de fapt, sunt conştient abia astăzi, este că, pentru câteva ore, cât a durat totul, nu m-am gândit deloc la ea. Parcă dispăruse complet din inima şi din mintea mea şi parcă nu intrase niciodată în viaţa mea. Azi dimineaţă, când m-am trezit cu mintea limpede şi am văzut un nou e-mail de la ea mi-am adus aminte de tot. Iar pentru câteva minute bune am fost destul de debusolat şi chiar a fost un moment când m-am îndoit de realitatea prezenţei ei. Voi lua o pauză, destul de lungă, sper, de la a mai scrie ceva. Am nevoie să îmi găsesc liniştea până când mintea mea nu începe să o ia razna complet.

„Astăzi m-am trezit căutând «linişte sufletească» pe atât de binecunoscutul motor de căutare actual al oamenilor. Asta e tot ce mi-a mai rămas de găsit şi de împlinit până la... (nici măcar nu vreau să mai vorbesc despre). Ne-am obişnuit cu toţii ca, de fiecare dată când avem vreo întrebare, să căutam acolo. Este noul creier al multora dintre noi. De ce să ne mai obosim să căutam în propriile noastre minţi răspunsul la propriile întrebări, când, poate, alţii şi-au răspuns deja. Ne învaţă de mici, încă din şcoală, că e mult mai simplu să dai copy-paste, decât să ai propriile tale gânduri, este mai simplu să nu gândeşti, ci să îi laşi pe ceilalţi să gândească pentru tine. Dar de ce alegem mereu calea cea mai simplă? Pentru că suntem sătui, suntem arhiplini de informaţii, aşa, ne răspundem singuri.

Şi ce am găsit pe Google, ca răspuns la întrebarea mea? Multe siteuri despre religie, despre Dumnezeu. Se pare că toţi cei care îşi puseseră aceleaşi întrebări ca şi mine au găsit răspunsul în religie, doar în religie.

Nu a fost nici un răspuns de altă natură, nici unul nu s-a gândit că, poate, liniştea se găseşte şi în alte lucruri, nu doar în ignoranţă. Poate, într-adevăr, sunt eu oarbă şi nu am văzut multe lucruri, poate răspunsul la multe întrebări le voi găsi mai târziu şi eu, la rândul meu în religie, în Dumnezeu, dar, dacă ar fi aşa, ar fi foarte simplu. Liniştea atât de îndrăgită de mine şi pe care o caut de ani de zile, este găsită, se găseşte într-un loc pe care îl cunosc, trebuie doar să mă îndrept întracolo. Trebuie doar să renunţ la tot şi să mă întrept spre biserică. Spre catolicism, ordodoxism, hinduism sau islamism, nu contează. Din nenumăratele religii existente, voi găsi una în care mă voi regăsi, în care se află toate valorile care îmi ghidează existenţa.

Ahh, ar fi atât de simplu. Toată viaţa am spus că nu am nevoie decât de un semn, un semn pe care l-am aşteptat mereu, naivă, crezând că voi găsi rezolvarea, că voi găsi răspunsul. Semn care nu a venit niciodată, pe care am obosit să îl aştept...

Cu toţii facem parte din marea turma dumnezeiască, cu toţii aşteptăm un semn divin, în speranţa că, atunci când vom avea nevoie, vom avea după ce să ne ghidăm.

Dar eu m-am trezit la 25 de ani, fără ghid spiritual, fără o inteligenţă destul de sclipitoare care să decidă ceva pentru corpul ăsta lipsit de valoare, m-am trezit alegând calea unui «nu ştiu» atât de frecvent, alegând ce e mai simplu. M-am trezit singură, într-o mare de lume, fără nimeni apropiat care să mă oprească.

Este atât de uşor să vorbesc cu tine, încât uneori uit că eu nu mai am speranţă, uit că eu nu mai am timp să schimb ceva. "

Miercuri, 18 septembrie.

Cel mai greu este să stai și să admiri fericirea altora, ăsta fiind un semn mai mult decât evident că tu ești nefericit.

Într-o secundă vreau un lucru, în urmatoarea vreau altceva. Oare când mă voi hotără cu adevărat? Vreau viață și tineri în jurul meu, vreau să mă bucur de fericire și de frumusețe, vreau să trăiesc la maximum fiecare clipă și vreau să se întâmple toate astea, acum. Vreau dragoste și sex și iubire și fericire, toate adunate într-o corvoadă de nebunii și tinerețe. Râvnesc la tinerețe mai mult ca oricând și nu pentru că nu o am, ci pentru că eu consider că am pierdut-o, că mi-a fost furată sau, mai bine zis, am acceptat eu să-mi scape printre degete. Vreau tot ce nu am și am să trăiesc și le vreau acum. Asta este problema mea, că nu mai am răbdare, din păcate. Am aproape tot ce vreau și, totuși, sunt nefericit. Timpul trece mereu, fără să țină cont de dorințele tale... pur și simplu trece. Câteodată nici nu-l simți, ci te trezești peste o zi, o lună, un an, repetând același lucru de o mie de ori, sperând mereu că va funcționa.

Dar sunt momente când cred că eu sunt Mihai, omul rău, egoist și egocentrist, sunt depresivul și nenorocitul care nu iubește nimic, sunt întunericul care îmi răsare în suflet la fiecare furtună, sunt copilul răsfățat și ranchiunos care nu știe să ierte, dar, în același timp, sunt bărbatul

fericit şi plin de vitalitate, sunt apa care învinge focul ori-
când, sunt soarele care îmi luminează propria cale, sunt
norocosul care îi ajută pe semeni, sunt naivul care iubeşte
totul. Sunt amândouă, sunt şi binele şi răul. Filozofii chi-
nezi spun că nu poţi elimina răul sau binele, dacă vrei să
renunţi la unul dintre ele, trebuie să le elimini pe amân-
două în acelaşi timp... şi la naiba cu ei... De ce au atât de
multă dreptate?

Viaţa însăşi nu este decât o oscilaţie între bine şi rău,
viaţa nu e decât un joc al luminii. Noi trăim în întunericul
existenţei noastre tot timpul. Încă din momentul în care
suntem concepuţi, petrecem nouă luni din amărâta noas-
tră viaţă într-un loc închis şi întunecat. Prima rază de
soare ne sperie şi ne determină să plângem. Cu toţii spun
că, atunci când ne naştem, plângem pentru că suntem
fericiţi... eu cred că noi suntem conştienţi încă din primele
clipe de viaţă că suntem damnaţi şi nenorociţi, aşa că
plângem, fiind singura noastră uşurare. Apoi continuăm
să ne ducem viaţa în întuneric, având şi clipe scurte de
lumină, de soare cald de primavară care ne mângaie su-
fletul şi chipurile. Aceste momente se reflectă în ochii
noştri, avem acea strălucire aparte de copil ursuz şi nevi-
novat, de femeie îndrăgostită şi fericită, de oameni îm-
pliniţi, care, pur şi simplu, nu mai vor nimic de la viaţă,
dar totul, doar pentru o secundă, pentru că apoi vine iar
întunericul. Atât dureaza totul, o secundă, poate în du-
rată mai mult, dar în amintirile noastre doar atât. O se-
cundă de fericire, una de mulţumire, într-o secundă se
evaporă orgasmul şi tot într-una ne îndrăgostim, nu du-
rează mai mult de o secundă să urâm pe cineva, sau să fim
urâţi, într-o secundă ne naştem, dar tot într-una şi mu-
rim. Iar viaţa nu rămâne la sfârşit decât un cumul de timp,

trăit prost sau bine, evaporat, acumulat, restrâns tot, în-tr-o secundă.

Cerințele pe care le am de la mine însumi și plângerile pe care mi le fac, zilnic, sunt al naibii de istovitoare. Puțini sunt cei care știu cât este de greu să fii cel mai mare critic al tău. Puțini înțeleg ce înseamnă să trăiești zilnic într-o continuă contradicție cu tine însuți. Iar faptul că am gă-sit-o pe Maria care, într-un fel, îmi seamănă, nu mă liniș-tește deloc. Cum poate liniști pe cineva faptul că semeni cu un om care nu mai are speranță? Viața, atât de urâtă de mine în general și faptul că nu găsesc nici un sens în întu-nericul existenței mele, mă debusolează enorm. Mă simt vinovat că eu urăsc o viață, pe care alt om o urăște pentru că este privat de ea. Mă simt vinovat că încerc să găsesc și eu, acum, dupa 34 de ani, răspunsuri la întrebări pe care le credeam uitate. Găsesc răspunsuri care mă fac să înțeleg viața, să mă bucur de ea, să o iubesc chiar. Dar asta acum, când văd că altcineva nu mai are speranță.

Nu mai primesc multe zile nici un semn de la ea, iar eu, în timpul ăsta, nu fac decât să mă distrez, să mă bucur și să profit. Ies în fiecare seară, dau petreceri și profit de o fată naivă, care e clar că s-a îndrăgostit de mine. Dar nu mă pot abține, orgasmul pe care mi-l oferă mă amețește atât de tare încât visez că sunt cu năluca. Iar faptul că îi seamănă izbitor de mult mă ajută să o visez și mai mult, iar asta îmi dă putere, mă gândesc că nici nu am nevoie de un om, dacă îl pot înlocui atât de ușor cu altcineva. Știu că sunt rău și brutal, dar gândurile nu ți le poți con-trola și ce sens are să mă mint pe mine?

Joi, 19 septembrie.

Azi dimineață am primit un e-mail de la ea care m-a determinat să regret toate gândurile mele egoiste. În tot timpul ăsta, de când nu am văzut-o, am uitat că eu sunt aici să o ajut pe ea, am uitat care era scopul meu. Am uitat că eu sunt un nimeni, sunt doar un condei ales la întâmplare de destin, pentru o poveste cu mult mai importantă decât banalitatea vieții mele. Chiar sunt atât de egoist, încât nu pot lăsa la o parte viața mea fără sens, pentru câteva luni, ca să mă pot ocupa de ea? Mă simt teribil când mă gândesc că mă voi întâlni în câteva ore cu ea și știu că nu voi avea un răspuns la o întrebare mută: ai mai scris în cartea mea?

„Astăzi m-am trezit mai slăbită ca oricând, parcă aș trăi într-un vis, starea asta de amețeală continuă și de neputință mă face să-mi doresc ca totul să se termine cât mai curând. Nu mai suport nici durerea, nici perfuziile pe care le fac zilnic în ultimul timp și pe nici asistenta care îmi înfige fără milă acul în venă. Nu mai vreau să sufăr. Am momente când Maria din mine țipă atât de tare încât mă mir că nu mă aud și ceilalți. Mă mir cum de trupul meu nu se contorsoniaza în față durerii mele lăuntrice și cum toți ceilalți mă privesc ca și cum nimic nu s-a întâmplat. Azi mă simt mai egoistă ca oricând și îmi vine să spun tuturor prin ce trec, am nevoie de mila lor, mila pe care nu am suportat-o

niciodată, am nevoie de ea. Vreau să se oprească din tot ceea ce
fac ei zilnic şi să aibe grijă de mine, să îmi vorbească mai frumos
şi să se poarte aşa cum se poartă orice om normal cu o muribundă.
Sunt egoistă, ştiu. Ştiu că nu trebuie să fac asta şi sunt conş-
tientă că nu are nici un rost suferinţa lor. Dar, acum, în momen-
tele din apusul vieţii mele realizez că în afară de ai mei, de fapt
nu mă iubeşte nimeni necondiţionat şi că, de fapt, toată lumea
încearcă să se folosească de toată lumea. Nu facem decât să
cumpărăm prietenii, să vindem iubiţi şi iubite şi să câştigăm
părinţi de partea noastră, dar facem totul atât de natural încât
pare ceva perfect normal... Abia acum realizez că nu este. Ar fi
fost atât de frumos ca măcar acum, în clipele astea, să privesc în
trecut şi să fiu pe deplin mulţumită de viaţa mea, să nu am nici
un regret şi să nu fiu înconjurată de nici o persoană care mă vrea
pentru ce am fost şi pentru ce cred ei că voi deveni, nu pentru ceea
ce reprezint ca om. Dar, ca toată lumea de altfel, nici eu nu sunt
perfectă şi nici nu voi deveni prea curând. Durerea mea psihică
mă împinge să îmi doresc nemurirea, să îmi doresc fericirea veşnică
şi dragostea fără margini. Mai bine aş înceta totul chiar de
astăzi.

Ştiu că aş mai putea trăi luni bune, până să fiu nevoită să
ajung ca o legumă pe patul de spital, dar nu mai pot şi nici nu mai
vreau să îndur toate chinurile astea psihice. Aş vrea că într-o zi
cineva să citească ce ai scris tu, să citească şi să realizeze că nu a
fost totul simplu nici pentru mine, că m-am chinuit agăţată doar de
un fir, că m-am zvârcolit din cauza dorinţelor ascunse care nu vor
mai fi niciodată realizate, că Maria a murit singură şi nefericită.
M-am hotărât să mai aştept puţin, poate câteva zile, poate o
săptămână, până să pun punct, pentru că nu mai vreau să sufăr.

Ziua de azi, în pofida proastei mele dispoziţii, a venit şi cu o
veste nouă. Există un doctor care ar putea avea o soluţie, să mă

mai chinui să încerc? Sau să las viaţa să îşi urmeze cursul? Cel mai dureros este că nu se află nimeni lângă mine care să îmi dea un sfat, nimeni care să aleagă o cale în locul meu..."

Duminică, 22 septembrie.

După trei zile minunate mă simt mai rezistent şi mai viu ca oricând. Oare ce deţine minunea asta de fată în interiorul ei, încât, de fiecare dată când mă întâlnesc cu ea, mă pierd complet şi uit de existenţa mea?

După ultimul ei mail, m-am dus la ea acasă, aproape îngenuncheat de durerea ei. Singura ei doleanţă, a fost să o ajut să uite, să uite pentru câteva zile de tot. Şi am luat-o, am răpit-o aproape şi am fost la munte, doar noi doi, într-o superbă căbănuţă unde fusesem cu vreo doi ani înainte cu o fostă. Am mers acolo la sigur, chiar dacă dormitorul îmi trezea amintiri de altă natură, ştiam că priveliştea şi decorul o vor ajuta puţin. Şi a funcţionat. Am avut trei zile de pace, cu telefoanele închise, în care ne-am simţit amândoi minunat şi am discutat multe. Ne-am istorisit unul altuia vieţile noastre care, sub farmecul povestirii, căpătau alte semnificaţii. Am fost fericiţi în multe momente, iar eu mă bucuram ca un copil în ziua de Ajun, când o vedeam că radiază cu adevărat. Ne-am dorit absurdul şi eu şi ea pentru câteva momente şi am dorit ca timpul să stea atunci în loc şi să fi petrecut toată viaţa acolo, doar noi doi. O vedeam cum se controlează de multe ori, iar mintea mea se flata singură cu gândul că încearcă să nu se îndrăgostească de mine. Dar eu ştiu că nu o va face, ştiu că un om care nu a iubit o viaţă, va face tot posibilul să nu iubească nici acum. Un om fără speranță nu mai caută o lumină pe care ştie că nu o va găsi oricum. Poate, aşa cum îmi spune mie, încearcă să nu mă facă să sufăr şi mai mult decât voi fi suferit deja sau, poate, realitatea este cea pe care o văd eu: este adevărul unui om incapabil de a simţi ceva, orice.

Printre alte discuţii, una dintre cele mai interesante, a fost cea legată de faptul că fetele preferă mereu bărbaţii greşiţi. Şi mi-a plăcut punctul ei de vedere, chiar dacă, în străfundul minţii mele, nu îi împărtăşesc ideile.

— Femeile vor prefera mereu băieţii răi, îmi spune ea, chiar dacă admiră constant şi îşi sfătuiesc prietenele, fiicele, mamele că este mai bine şi mai sigur să împărtăşeşti o perioadă din viaţa ta alături de băieţii aşa-zişi buni, ele vor continua mereu să îi aleagă pe cei răi.

— Dar cum faceţi voi, femeile, diferenţa dintre un băiat bun şi unul rău?

— Drama este că nu există băieţi buni sau răi prin definiţie, ci, doar bărbaţi care în funcţie de sentimentele pe care le au sau nu pentru o femeie, devin buni sau, respectiv, răi. Toată lumea ştie că bărbaţii oricât de răi ar fi, atunci când se îndrăgostesc, devin nişte mieluşei, nişte căţeluşi abandonaţi care caută constant aprobarea unui viitor posibil stăpân, devin exact ce nu îşi doresc niciodată să ajungă.

— Deci, din punctul tău de vedere, nu există bărbaţi buni sau răi, totuşi există acei băieţi care tratează superior femeile, până la limită misoginismului, care se poartă ca şi cum totul li se cuvine şi le-ar stăpâni.

— Dar, privind din celălalt punct de vedere, sunt şi femei care se poartă la fel, în egală măsură cu bărbaţii. Doar că întâlnim mai mulţi bărbaţi aşa, decât femei, pentru că

asta îi învăţam noi pe ei că ne place. Chiar dacă nu recu-
noaştem niciodată, chiar dacă luptăm să demonstrăm că
nu e aşa, în interiorul nostru admitem că în intimitate ne
place să fim dominate.

— Şi cu ce vă ajută în acest sens băieţii răi? Ai putea
foarte bine să îi spui oricui ce îţi place.

— În momentul în care un bărbat se poartă aşa natural,
el nu se controlează, se comportă aşa cum vrea. Iar nouă
ne place un bărbat care intră pe uşă şi te priveşte ca şi
cum nu ai avea nici o haină pe tine, un bărbat care în-
drăzneşte să te tragă un pic mai tare de păr atunci când
eşti în pat cu el, unul, care îşi permite, fără să îţi ceară
voie, să îţi dea palme la fund sau să te pedepsească, unul
care, în pat, ia iniţiativă şi nu se gândeşte dacă ar fi bine
sau comod, sau că îţi răvăşeşte părul proaspăt coafat, ci se
gândeşte la plăcere, la a lui şi a ta. Adorăm bărbaţii care
ne respectă, dar fără să ne spună, doar demonstrând-o.
Un bărbat care vrea să te facă a lui şi reuşeşte, dar fără să
îţi ceară permisiunea, un bărbat suficient de încrezător în
el încât reuşeşte să te mulţumească constant, fără să facă
un efort din asta.

— Deci nu vă plac bărbaţii care nu au încredere în ei?

— Nu, nu ne plac cei linguşitori, care se gândesc de
două ori până să facă un lucru sau să spună ceva. Cei care
te menajează, doar pentru că le este frică că te vor pierde,
cei care îţi fac zece mii de complimente în fiecare zi, iar,
după o săptămână, ori eşti prea plictisită de tot ce scoate
pe gură ori nu mai crezi nimic.

— Sunt de acord cu tine. Ştiu că atunci când te contro-
lezi şi încerci să fii altceva, ajungi prin a pierde respectul
celuilalt. Nu ne plac oamenii prefăcuţi, care se ascund
permanent în spatele unor măşti.

– De asta, în general, noi, oamenii, atât bărbații, cât și femeile suntem veșnic nemulțumiți. Pentru că cei buni, din specia noastră, sunt ușor de modelat, iar cei răi sunt egoiști. Dar poți fi norocoasă sau norocosul care întâlnește persoana perfectă sau poți fi îndeajuns de înțelegător și stabil mintal încât să întâlnești o persoană îndeajuns de potrivită pentru tine încât, vorbind, ajungeți să vă modelați unul după celălalt.

– Singura problemă a dragostei, a iubirii, este că, întotdeuna, va fi unul care dă mai mult și unul care primește mai mult. De aceea există dezechilibre și certuri, de aceea există persoane incapabile să iubească, pentru că atât tu, cât și eu, am fost obișnuiți să primim mai mult. Iar când primești mai mult și ești avantajat, de ce să te mai chinui să oferi mai mult celuilalt?

– Probabil acesta este răspunsul sau, poate, nu există răspuns la întrebarea asta, dar, atunci când întâlnești bărbați pe care îi modelezi cum vrei tu, ajungi să îi schimbi și să te folosești de ei fără să vrei. Eu am întâlnit foarte mulți bărbați care mi-au spus că par rece, distantă și greu de mulțumit și, de aceea, se chinuiau constant să îmi câștige aprobarea. Dar, comportamentul pe care îl am față de specia masculină nu îmi este dictat sau autodidact, ci natural. Și da, admit că, de multe ori, regretam asta când vedeam un bărbat care mă plăcea și îl plăceam, dar, care nu avea curajul să facă un pas.

– Se spune că întregul scop al vieții sau, mai bine zis, împlinirea supremă este dragostea. Nu regreți faptul că nu ai iubit pe nimeni?

– Există atât de multe tipuri de dragoste, Mihai, încât ar trebui să învățam să fim mulțumiți doar cu ele. Pentru că, dragostea față de o persoană de sex opus, trece într-un an, doi, zece şi cu ce te mai încălzeşte la final? La final nu te mai gândeşti decât la dragostea faţă de părinţi, faţă de copii, dacă ai sau faţă de ţine însuţi.

Atunci am înţeles că ea nu va iubi niciodată, am înţeles atunci că oricât de mult mi-aş dezlănţui sentimentele, ea nu va putea fi în stare să aibe grijă de ele. Probabil, şi ea, în sinea ei, ştie asta şi preferă să mă menajeze într-un fel pe mine, în alt fel pe ea. Aşa cum a spus şi ea, suntem cu toţii egoişti şi îmi imaginez că, atunci când ajungi la final, oricum nu te mai interesează de nimeni şi nimic, în afară de persoanele care ţi-au fost, într-adevăr, aproape, toată viaţa. Probabil de aceea a şi refuzat să împărtăşească cu apropiaţii ei totul sau, poate, tot egoismul ei îi spune că nu va putea face faţă suferinţei lor. Mă gândesc şi încerc să mă pun în situaţia părinţilor şi a apropiaţilor ei. Mie cum mi-ar fi mai simplu? Să aflu că o persoană este pe moarte şi să fac tot posibilul să o sprijin şi să o ajut, iar, în timp, ideea asta mă va obişnui cu pierderea ei sau şocul acela brutal, de a afla deodată totul? Egoist sau nu gestul ei, cred că cel mai greu este să mori singur şi să accepţi asta.

Într-una din zile, făceam o scurtă plimbare pe munte, iar după câteva minute în care nici unul din noi nu a spus nimic, Maria începe să îmi vorbească, fără ca măcar să mă privească:

— Ce frumos este tot ce ne înconjoară. Suntem înconjuraţi de frumos, iar noi nu observăm asta şi tot ceea ce facem din momentul în care ne naştem este să distrugem tot din jur, pentru a crea o iluzie care ni se pare nouă arătoasă. Te-ai gândit vreodată să omori pe cineva, Mihai?

Întrebarea ei mă lasă fără cuvinte şi, sincer, iniţial am crezut că glumeşte, dar apoi i-am văzut chipul palid şi serios.

– Am... m-am gândit la moarte de multe ori, de cele mai multe ori a mea. Probabil şi eu, ca şi toţi copiii, am avut gânduri despre moartea părinţilor mei atunci când eram mic, dar mi se par atât de îndepărtate, încât nici nu le mai ţin minte.

– Toţi copiii gândesc aşa, sunt gânduri animalice pe care nu le poţi controla. În momentul în care părinţii te enervează şi te oprimeaza ai impresia, pentru o secundă, că, dacă nu ar mai exista, viaţa ta ar fi mai frumoasă. Cu toţii regretă gândurile astea încă din secundă în care se nasc. Dar eu nu vorbeam despre asta. Spuneam de moartea cuiva, aşa, în general...

– Nu, îi spun eu. Nu m-am gândit şi nici nu îmi imaginez că aş putea face asta, adică, pur şi simplu nu m-am gândit vreodată.

– Chiar dacă persoana respectivă ţi-ar cere să o ucizi?

Abia atunci am înţeles unde vrea să ajungă, abia atunci ideea ei ucigătoare mi-a căzut ca un cuţit exact în creştetul capului şi i-am spus „nu“. Fără să gândesc, fără să mă controlez, i-am privit chipul angelic şi am refuzat-o fără să ezit. Nu mi-a spus nimic, nici măcar nu a întors capul să mă privească.

– Ştiu că îţi este greu, dar nu poţi cere asta cuiva, nici mie, nici altcuiva, e... nu voi putea trăi cu gândul că ţi-am făcut asta.

– Ştiu, zâmbeşte încurcată, nu aveam de gând să îţi cer, doar că mă gândeam... În momentul ăsta nu mă simt îndeajuns de capabilă să o fac. Voiam... nici nu ştiu ce... Îmi cer scuze că te-am întrebat.

– Maria, să îţi iei viaţa, este cel mai greu lucru cu putinţă. Ştiu asta, cred că e mai uşor să ucizi pe altcineva, decât să te decizi să iei cuțitul în mână și să sfârșești tot, să pui capăt propriului tău univers.

– Da, uneori mă liniștesc cu gândul că, oricum, nu îmi va mai păsa după...

Mă privește și, pentru o clipă, îmi aruncă parcă ultimul ei zâmbet, în care se strânseseră puterile ei cele de pe urmă. Știu că moartea, faptul că trebuie să fie propriul ei călău cu coasă, îi scurge ultimele licăriri din ochi și o ucide cu adevărat, pe dinăuntru. Cum putem noi, oamenii, să avem o viață în fața noastră și pentru că un singur lucru ne dărâmă să ne dorim să murim, iar atunci când simțim că inevitabila moarte ajunge să nu ne mai dorim decât mai multă viață? Aș vrea să îi dau din anii mei de viață, vreau, câteodată, să îmi bag mână în inimă și să scot câteva bătăi pe care să i le dau ei, vreau să îi dau plămânii mei obosiți... Dacă aș putea să fac ceva, să schimb ceva. Neputința e cea care mă chinuie cel mai tare.

În toată vacanța asta, cel mai tare mă deranjează falsa mea celebritate, pe care nu mi-am dorit-o niciodată. Oamenii ne privesc de peste tot și se uită la noi de parcă am fi doi nebuni, de parcă am fi furat cuiva ceva sau am fi fost datori cuiva cu vreun lucru. Iar noi, tot ce ne doream era puțină liniște și pace. Să nu mai vorbim de ceea ce ne-a înnebunit pe amândoi cel mai tare. Cum este posibil ca, în propria ta țară, niște neoameni, niște paraziți lipsiți de rațiune, să refuze să vorbească limba poporului din care fac parte? Cum acceptăm noi, ca români, acest lucru, în propria noastră țară? În orice alt loc din lume gorilele astea ar fi fost terorizate până când ar fi încetat să facă ce vor ele, s-ar fi recurs la violență, la mediatizare, la orice. Dar niște patrioți adevărați nu ar fi acceptat. Și noi de ce continuăm să ne uităm nervoşi la ei fără să facem nimic? Poate nu ne păsa sau, poate, suntem prea fricoşi.

În ultima dimineață petrecută în cuibul nostru de la munte m-am trezit înaintea ei şi am ieşit în balconul camerei, în speranța că aerul rece şi curat, de munte, îmi va alunga ultimele gânduri ale visului meu erotic. Dar am rămas uimit de peisajul care mi se aşternea în fața ochilor. Soarele încălzea deja coastele răzlețe ale munților, iar verdele care le împânzea devenea aproape ireal, transformându-le într-un uriaş smarald strălucitor şi impur, dar, tocmai imperfecțiunile sale făceau ca totul să pară aproape feeric. Cei care aveau hotelul dețineau şi o herghelie destul de mică, unde, vreo 20 de cai se jucau inocent în fața ochilor mei. Caii, chiar dacă nu mi-au plăcut niciodată, atunci, acolo, în lumina diminețíi îi vedeam parcă pentru prima dată cu alți ochi. Şi începusem să admir, uimit şi eu de propriile gânduri, nişte animale atât de nobile, nişte animale libere... Alergau şi se jucau unii cu alții, dar... tot universul meu cade, când un simplu act animalic, o faptă dumnezeiască, pe care şi noi, oamenii, o înfăptuim fără ruşine în cearşafurile pasiunilor noastre, îmi strică imaginea şi face că totul să devină banal. Am intrat dezamăgit în cameră şi închid uşă balconului. Maria încă nu se trezise, iar eu m-am aşezat pe jos, sprijinit de perete şi încercam să-mi recreez singur fantezia. Dar, când o priveam pe ea, nu trebuia să visez prea mult, nu trebuia să caut chinuit calități sau unghiuri frumoase. Ea, în poziția asta leneşă în care se află, reprezenta însuşi paradisul pentru ochii mei. Iar pentru o clipă mi-am blestemat din nou incompetența de a scrie poezii sau de a picta, pentru că, în acel moment, gândurile mele se simțeau atotputernice şi aveau impresia că dețin un adevăr care, transpus în artă, ar deveni perfecțiunea supremă. Mă uităm la ea, cum se lasă posedată de Morfeu, tolănită pe burtă, cu mâna stângă așezată lângă față, cu degetele încleștate de parcă s-ar fi pregătit să mângâie ceva. Cearșaful îi căzuse de pe trup, lăsându-mi privirea și gândurile să se înfrupte cu spatele ei gol, cu fundul ei perfect, care, de sub perechea minusculă de chiloței roșii, îmi trezise toate simțurile la realitate și îmi făcuse palmele să transpire. Dar blestem iar animalul din mine și îmi îndrept, cu greu, privirea asupra chipului ei angelic.

Reușesc să mă ridic amorțit de pe dușumea și îmi car trupul amorf, din nou, spre pat, și mă strecor căutând căldura pielii ei. Fața senină a Mariei, pe care se răsfrângeau razele soarelui, îmi amintea de mine. Mă uităm la ea și mă vedeam pe mine, îmi vedeam viitorul și trecutul reflectat în ridurile fine de pe fața ei, vedeam toată muncă mea irosită pe buzele ei pline, iar în inocența somnului, descopeream un Mihai de mult mort. Pentru o secundă am crezut că dispare pe sub cearșafurile moi, am crezut că vreo nălucă a dimineții vine să îmi fure iluzia visului, dar, imediat după, ea s-a materializat mai mult ca oricând. Și sub îmbrățișarea mea pătimașă, am dobândit siguranța existenței ei. Ea s-a trezit, s-a întors și m-a privit furioasă, dar, văzându-mă, privirea machiavelică a început să îi dispară încet, din ochi. Iar pentru câteva momente ne-am pierdut amândoi în învâltoșeala cearșafurilor, încercând amândoi, stângaci, copilării de mult apuse. M-a lăsat să o mângâi și să o alint cu mâinile mele neîndemânatice, iar când eu eram aproape pierdut în visele amintirilor mele, iar ochii închiși nu mai conștientizau realitatea momentului, buzele mele au început să caute căldura umedă a gurii ei.

– Nu, Mihai, îmi spune ea furioasă, ridicându-se din pat. M-a mai privit o dată înainte să meargă la baie și mi-a spus din nou: Nu!

Din fericire, era o zi senină în sufletele amândurora, iar momentul penibil a trecut repede. Ne-am făcut încet bagajele, fără să ne grăbească nimeni, am fi vrut să prelungim acel moment cât mai mult posibil și, pentru câteva clipe, chiar mă gândeam să o întreb dacă mai vrea să stea o noapte, dar și așa acceptase cu greu ca, a doua zi, să meargă la un medic de care aflase. Nu voiam să îi dau un motiv că să renunțe din nou. Îi promisesem că aveam să o însoțesc și, chiar dacă inițial nu a fost de acord, vedeam în ochii ei o mulțumire pentru asta. Știam că îi va fi greu și, probabil, dacă avea să primească un răspuns negativ, îi va fi și mai greu.

În același timp nu puteam să o pierd acum, acum când eram atât de fericit să găsesc pe cineva ca mine, cineva care îmi reflectă defectele și calitățile ca o oglindă. Cineva care mă ajută să lupt pentru clipa prezentă, nu pentru cea viitoare, cineva care va face parte din mine pentru totdeauna.

Am plecat de acolo, eu mai plin de speranță ca niciodată iar ea mulțumită cu sine și epuizată de fericire. O simțisem că fusese fericită în zilele astea cu mine, îi văzusem pe furiș privirile recunoscătoare, pline de beatitudine, iar eu mă simțeam pe deplin binecuvântat.

În zilele care au urmat mi-am legat nefericirea personală de nefericirea de a nu fi cu ea. Credeam că, dacă nu mai sunt fericit, este pentru că nu o mai am lângă mine și tot ceea ce puteam să fac era să sper la încă o întâlnire, la încă o noapte cu ea. Speram să o mai am o dată până va muri. Prea târziu am înțeles că mai sunt și alte bucurii în

viață, târziu am realizat că eu am fost fericit și până să o
întâlnesc pe Maria, dar mă simțeam de parcă, din mo-
mentul în care am plecat din adăpostul nostru de la
munte, ea a luat și ultimul dram de bucurie din sufletul
meu, mi-a luat licăririle de fericire și de liniște. Am con-
tinuat să o caut, multe zile după aceea, prin pat dimineața,
după ce vreun vis dătător de extaz îmi amintea de tot ce a
fost o dată...

Miercuri, 25 septembrie.

Au trecut multe zile fără speranță... multe zile îmbătat în mizeria depresiei mele în care așteptam un semn de la cea care mi se părea fi, din în ce în ce mai mult, o nălucă. Un alt e-mail de la ea m-a trezit într-o dimineață la realitate. Nu visam, exista într-adevăr. Ea continua să îmi trimită citate și bucăți din viața ei, se îmbăta săraca singură cu nectarul unui muritor. Habar nu avea și probabil nici nu își imagina că nenorocitul ăsta și-a pierdut abilitatea de a scrie. Nemernicului, acum îi îngheață mâinile pe tastele calculatorului, iar degetele tremurânde nu mai pot ține pixul drept. Ideile minții mele demente se opreau pe buze, iar imaginația mea o luase razna de mult.

„Mă trezesc la realitatea unei noi zile hotărâtă să îți împărtășesc totul. Sunt decisă să povestesc chiar și ultimii mei doi ani de viață, chiar dacă eu, în timpul ăsta, nu am simțit că trăiesc, dar simt că așa este bine acum, la final, trebuie să știe toată lumea, inclusiv eu, totul.

Bineînțeles că hotărăsc să mă împac cu fostul. Numele lui este atât de neînsemnat, ca și rolul pe care l-a jucat în viața mea, încât nici nu merită să îl spun. Din momentul în care m-am decis să mă duc la el și până acum ceva vreme când i-am spus adio (nici nu mai știu câte zile sau săptămâni au trecut de atunci), el, cred că a fost fericit, cred că și-a împlinit dragostea, chiar dacă era conştient că eu nu îl iubesc, se minţea singur şi încerca să-şi trăiască, dacă nu cu mine, atunci singur, povestea. E drept, mă făcea nu fericită, dar liniştită şi mi-a oferit tot ce mi-am dorit eu material, încercând să îmi facă pe plac cu absolut tot. Nici acum nu ştiu dacă el mă iubea cu adevărat şi făcea totul din devotament sau eram o obsesie, eram nălucirea care îi scăpa printre degete, mereu. Probabil, doi ani cât a mai stat cu mine, se trezea mereu cu frica în sân şi adormea cu gândul că eu o să îl părăsesc din nou... a şi recunoscut de câteva ori acest lucru... de aceea nici nu-mi refuza, niciodată, nimic.

Viaţa mea acolo a fost scurtă şi, după cum am spus, fără bătăi de cap, dar parcă am trăit cu un voal pe ochi. Voiam tot timpul să fac ceva nou şi interzis, voiam mai mereu adrenalină... simţeam că nu trăiesc. Începusem să consum droguri uşoare, mai întâi din curiozitate, dar, mai apoi, au devenit o obişnuinţă. Nu mi-a plăcut niciodată să conduc, dar, acolo, eram o şoferiţă profesionistă; câteodată exageram când mă urcam afumată la volan aşteptând să vină adrenalina care mă va scoate din amorţeală. Ţin minte că, într-o seară, eram atât de drogată încât l-am luat pe al meu, mai mult cu forţa şi pe sus, la un club. Dar nu orice fel de club, ci unul dintre acelea unde partenerii se schimbă, iar dragostea şi respectul faţă de cel drag rămân la intrare. Nu îmi doream neapărat să fac sex cu un străin, dar voiam să trăiesc din nou actul sexual în adevăratul sens al cuvântului, nu plictiseala arhicunoscutei poziţii a misionarului. Voiam să simt iar fiorul care îţi încălzeşte pântecele şi îţi face picioarele să tremure şi îţi fură toate gândurile, pentru câteva secunde. Ajunsă acolo, cred că toate drogurile din lume nu m-ar fi făcut să nu privesc şocată în jur. Era incitant, al naibii de excitant... bărbaţi şi femei de toate vârstele şi categoriile sociale şi-o trăgeau primitiv şi schizofrenic în faţa tuturor. Ţin minte că, la fiecare pas, călcam *într-un prezervativ, iar mirosul de sex, din aer, oricât de respingătoare era încăperea respectivă, te făcea să-ți dai hainele jos de pe tine și să te apuci de treabă. Nefericitul a avut nevoie de vreo trei cockțailuri ca să intre în atmosferă și ca să aibă curajul să mă dezbrace acolo, în fața tuturor. Dar, odată ce am început, acolo, în mijlocul camerei, unde un pat mic din piele, alb, ne servea drept sprijin, parcă nu mai vedeam în jur, dar, în același timp, vedeam totul. Privirile înfierbântate ale celorlalți bărbați care se masturbau fără nici o jenă, femeile care s-au apropiat la început timid de noi, dar, care, apoi, nu mai conteneau să ne atingă, să ne sărute, să ne soarbă, totul, toată atmosfera aia murdară de sex făcut în mijlocul străzii îți dă o putere incredibilă. Și acolo, în mizeria ce mă înconjura am avut cel mai puternic orgasm al vieții mele... aveam din nou speranță. După seara aceea, am mai încercat de câteva ori să mergem acolo, am continuat să caut experiența primei dăți, dar, cum totul are farmec doar o dată și doar în anumite condiții, m-au dezgustat dezinhibițiile și plăcerile lor diavolești și am renunțat dezamăgită la a mai cauta fericirea în orgasm.*

Am continuat să mă droghez; între timp am mărit și doză, am schimbat și drogul, până când m-am plictisit și de ele, dar asta s-a întâmplat recent, înainte să revin în țară. De aceea am și vrut să vin la dezintoxicare și am găsit ceea ce căutam."

Îi citesc gândurile și mă minunez. Sunt uimit de faptul că ea, îngerul meu pierdut, este capabilă să facă asta, ea care îmi respinge fiecare gest, îmi scrie de orgasm și sex murdar, îmi spune cum este să te pierzi în abisul sexului. Ce fel de monstru am creat sau am întâlnit, capabil să se joace cu mine în asemenea hal? Oare ea nu își imaginează că, ascunsă printre nălucile gândurilor, a devenit amanta mea cea mai de preț? Oare îmi alimentează gândurile intenționat cu poveștile ei? Își bate joc de mine sau își bate joc de ea? Sunt gelos acum, gelos pe iubitul ei și pe toți foștii care au beneficiat de bucuria de a o atinge, de a o iubi, de a-i provocă plăcere. Dar eu? Nenorocitul de mine, trebuie să-și suprime gândurile perverse și să-și închidă monstrul sălbatic în cel mai înalt turn. Până când?

Sentimentele animalice mă stăpânesc pentru o clipă, dar mă calmez imediat și încerc să îmi imaginez că ea, sărmana, nu vrea să îmi facă rău intenționat, vrea doar să își povestească viața, cu bune și rele. Și eu, ca și ea, am avut o viață întunecată. Și eu m-am lăsat pierdut în abisul sexului pentru o perioadă, eu, probabil, nu am fost blamat și nici nu voi fi arătat cu degetul pentru simplul fapt că sunt bărbat. Dar ele, femeile, nu au voie, ele trebuie să își înfrângă sexualitatea, ele nu trebuie să gândească pervers, dar, în același timp, când le încălzim partea goală de pat avem pretenția să întâlnim niște zeițe porno. Suntem cinici, misogini și meschini, vrem și frumosul și urâtul. Se pare că ea le are pe amândouă, oare de ce nu mă pot bucura de ea?

Recitesc ce am scris și mă întreb, oare de ce nu pot scrie ceva și despre mine, de ce nu îmi pot povesti și eu viața? Am început să scriu jurnalul ăsta de când am aflat de... de tragedia asta comică... iar tot ce pot să trec aici sunt gânduri, idei, păreri. Pot scrie despre ea, dar nu despre mine?! Poate nu sunt atât de puternic pe cât par, poate gândurile mele refuză să fie conștiente de inevitabil, dar, în același timp, sunt plictisite să se ascundă în spatele unor ochi căprui. Mă întreb de multe ori, dacă toți oamenii sunt ca mine, mă întreb, dacă voi toți aveți gânduri negre care nu vă dau pace, iar, dacă nu e așa, atunci mă întreb din ce aluat sunt eu făcut de nu pot fi la fel ca voi? Oare sunt damnat să trăiesc toată viaţa şi să mor aşa? Un nenorocit veşnic nemulţumit, un singuratic care caută doar afecţiune. Vreau şi îmi doresc să fiu eu însumi de multe ori, dar, părerile celorlalţi mă înspăimântă. Nu vreau să fiu blamat şi arătat cu degetul pentru simplul fapt că sunt ceea ce sunt. Nu ştiu dacă eu am făcut ceva greşit sau, poate, mama m-a născut defect, nu ştiu dacă eu sau ceilalţi pot accepta ceea ce sunt fără să mă condamne şi să mă blameze. Ştiu doar că, acum, simt că am întâlnit o persoană, nu la fel că mine, ci doar una care – îmi dau seama – m-ar completa, una care mi-ar înţelege defectele şi mi-ar accepta calităţile şi încep să nu mai regret viaţa atât de mult. Încep să îi văd sensul şi parcă văd şi lumina de la capătul ei. O văd ascunsă, undeva, departe, printre gândurile mele negre, dar măcar ştiu că există, iar asta mă mai calmează puţin.

Joi, 26 septembrie.

De ce? Asta ne vor întreba copiii noștri peste câțiva
ani, când, în inocența întrebărilor lor, nu vor reuși să înțe-
leagă de ce am omorât atâtea suflete nevinovate. Ne vor
întreba de ce noi, dragii lor părinți, nu am încercat să fa-
cem ceva, să schimbăm într-un fel sau altul istoria. Ceea
ce se întâmplă zilele astea, în România, nu are nici o scuză
și nu ar trebui să fie nici întrebări și nici răspunsuri pen-
tru această dilema ucigătoare. Toți ridică din umeri și
încearcă să îl găsească vinovat pe x sau pe y, pentru o
problemă care nu ar trebui să existe de la bun început.
Cei responsabili de asta nu au făcut decât să ridice
nepăsători din umeri și să aducă un război printre noi, au
reușit să împartă țara în două categorii: ucigași și inconș-
tienți. De ce? Pentru că un copil nevinovat a murit, a fost
„furat" din brațele „protectoare" ale unei bunici pentru
care cratița și bârfa din fața blocului sunt mai importante
decât supravegherea propriului nepot, și ucis cu bestiali-
tate de câțiva câini maidanezi. Și de aici începe povestea.
De aici pornim la un masacru care peste câțiva ani se va
scrie cu sânge în istoria României. Un masacru care nu
trebuia să existe de la bun început, dar, cei care ar fi tre-
buit să gestioneze problema asta au considerat că o vilă
înaltă, din beton, și ziduri uriașe de jur împrejurul ei îi vor
apăra de câini, de „monștrii" aceștia ucigători care mor de

foame pe străzile Bucureştiului, aceste bestii care nu au conştiinţă şi care nu vor decât să se apere. Cu ce sunt vinovate aceste suflete, care, odată ajunse în căldură căminului nostru nu fac decât să ne devină loiale şi protectoare? Cu ce sunt vinovate ele, că nu am reuşit noi să le oferim un cămin şi o îngrijire medicală corespunzătoare, că nu am vrut să le oferim hrană şi iubire? Poate nu sunt în măsură să vorbesc, poate sunt şi eu vinovat de ingratitudine şi de egoism. Poate eu şi toţi cei care mă înconjoară şi îmi împărtăşesc ideile ar trebui să adoptăm câte un sufleţel nevinovat. Dar cu ce sunt eu vinovat? În copilărie am fost şi eu muşcat de două necuvântătoare, iar, de atunci, frica faţă de ei mă determină să fac doi paşi înapoi, mereu. Da, frică, frică şi nu ură. Chiar dacă încerc să îi ocolesc mereu, niciodată nu le-am dorit moartea, niciodată nu am vrut să le aud schelălăiturile, închişi în drumul spre auschwitzul câinilor. Nu mi-am imaginat niciodată un sfârşit atât de negru şi de macabru pentru ei. Mă întreb, cum vom putea oare să ne privim peste un an în oglindă şi să dormim liniştiţi când mâinile ne sunt pătate de sângele lor nevinovat?

Dar realizez acum că, România, nu a încetat războiul niciodată. Ea continuă să caute duşmani, să îşi ascută cuţitele şi să îşi perfecţioneze armele. Am ajuns oare atât de sadici încât să luptăm cu cei de care suntem conştienţi că nu ne pot înfrunta?

Recitesc acum şi realizez că, de fapt, e-mailul ei mi-a trezit furia, m-a trezit la viaţă. Şi mă gândesc că, până acum câteva minute, stăteam la căldură căminului meu şi, chiar dacă ştiam de această problemă, nu o conştientizam în adevăratul sens al cuvântului. Rasa umană este atât de egoistă, încât sunt din ce în ce mai uluit de propriile gânduri.

*„Mi-am dorit ca bătrânica ursuză care traversa ieri strada
să-mi întoarcă zâmbetul timid pe care i l-am închinat cu atâta
drag. Îmi doresc ca țara și poporul meu să se schimbe, dar să o
ia pe un făgaș bun. Îmi doream odată un copil care va spune
bucuros că este mândru să fie român. Un copil care să trăiască
într-o țară cu principii, într-o țară curățată de hoți și de mizerie,
de prostituatele din parlament și de târfele de pe stradă. Îmi dor-
eam un copil căruia să nu îi fie frică să meargă pe stradă, care să
își salute vecinii și să zâmbească fericit, doar pentru că trăiește
acasă. Un copil care să nu își dorească să fugă din propria patrie,
un copil care să își iubească țara așa cum m-ar fi iubit pe mine,
mama lui. Doream un copil care să nu aleagă calea ușoară, doar
pentru că așa îl ghidează societatea. Iar eu, îmi doream pentru el
un tată integru și muncitor care, doar prin faptele sale, să șteargă
acele sute și mii de greșeli pe care mama le-a făcut, având impre-
sia că societatea nu îi oferă mai mult. Voiam ca, la 70 de ani, să
ajung o bătrânică, la fel ca bunica mea, să zâmbesc și eu senină
necunoscuților pe stradă, voiam să mor împăcată în patria mea,
pe pământul meu.*

*Este ciudat când ajungi adult și descoperi că tot ce îți po-
vesteau părinții, în copilărie, nu este adevărat. E ciudat să te
simți trădată de propriul neam, să vezi că această țară care a
supraviețuit revoluțiilor, războaielor și nebuniei ceaușiste, nu
mai poate și nu mai are ce să-ți ofere. Este straniu și greu să te
hotărăști să pleci și este și mai greu să te trezești, într-o zi oare-
care, într-un alt loc, într-o altă țară și să realizezi că ai primit
mai mult de la niște străini. E ciudată România pentru că își
cere drepturile la libertate, țipă din toți rărunchii că are nevoie
de oameni care să lupte pentru ea, dar, în același timp, nu oferă
nimic. E ciudat să ajungi să realizezi că România e formată din
români, că și tu ești unul dintre ei, că ai pretenții pentru o viață*

mai bună acasă, dar, de fapt, tu ai fost primul care a fugit, fără nici o mustrare de conştiinţă, în căutarea arginţilor. Suntem trişti cu toţii şi suferim pentru ţara noastră, dar suntem şi mai trişti când realizăm că nu facem nimic pentru ea. Ne îndulcim singuri gândurile şi adormim cu conştiinţa împăcată, spunând că asta este societatea şi că nu mai poţi schimba nimic. Problema noastră e că nu mai încercam, că noi credem că România nu mai are boli de vindecat sau probleme de rezolvat. Credem cu toţii, de la bunici până la nepoţi, că ţara noastră dragă a intrat în moarte clinică şi aşteptăm pe cineva îndeajuns de curajos care să schimbe totul sau pe cineva destul de naiv şi furios care să debranşeze aparatul care o ţine în viaţă. Aşteptăm tăcuţi şi îndoliaţi moartea inevitabilă a iubitei noastre ţări.

Dacă ar fi ştiut Ion, cu atâţia ani în urmă, pe mâinile cui va ajunge iubitul lui pământ, nu l-ar mai fi îmbrăţişat cu atâta patos şi nici nu l-ar mai fi sărutat cu atâta ardoare. Atunci încă mai există speranţa, acum mândră generaţie tânără a României, a înfăşurat mica rază de speranţă într-un drapel roşu/galben/albastru şi a vândut-o străinilor împreună cu toată istoria ţării.

Dacă eu cred în iad, cred doar pentru că există aici, în ţara asta. Da, iadul e aici, în România. Infernul care îşi alege o altă „satana" o dată la patru ani, în care sărăcia şi hoţia sunt peste tot, iar dragostea şi fericirea se găsesc doar în căminele celor săraci. Micii diavoli pe care îi întâlneşti zilnic, pe stradă, cei care îţi fură portofelul în staţia de metrou, cei care te îmbrâncesc şi te calcă în picioare doar pentru că îndrăzneşti să îi priveşti. Dracii care îţi omoară copii pe trecerile de pietoni şi cei care îţi violează mamele în propriile paturi. Dracii ascunşi prin spitalele de stat, unde intri încrezător şi ieşi cu picioarele înainte. Cei care îţi spun zâmbind, la televizor, că au nevoie de banii tăi pentru o nouă vilă, sunt cei care te pândesc de peste tot. Iar dacă ai naivitatea de a crede că nu îi vezi, stai liniştit, nu îi mai căuta, faci parte dintre ei.

Şi o să te întrebi dacă există patrie perfectă şi o să-ţi răspunzi tot singur, zâmbind ironic, că nu. Şi, într-adevăr, nu există oameni perfecţi şi nici locuri de vis, dar există ţări unde oamenii zâmbesc încrezători necunoscuţilor, pe stradă, unde sărăcia, oricât de mizerabilă ar fi, îi face pe oameni să fie mai buni, să se bucure de soare şi nu de umbra palatelor de beton. Există locuri unde, oricât de străin ai crede că eşti, te vei simţi ca acasă, pentru că nu locul, temperatura sau fusul orar vor schimba totul, ci oamenii cu suflete curate şi conştiinţe împăcate.

Şi când mă gândesc că eu tot ce mi-am dorit a fost să mi se răspundă la zâmbet... "

Marți, 1 octombrie.

Ziua de astăzi mă îmbie cu un nou mail de la ea, dar și cu o rugăminte. Îmi spune că are curiozități, că au rămas lucruri pe care vrea să le încerce înainte de a părăsi această lume. Nu voia să plece cu regretul că nu a făcut ceea ce își dorea de mult... sau ceea ce ar fi trebuit să facă pentru alții, pe care i-a condamnat pe parcursul timpului, dar, pe care, recunoștea că nu a încercat niciodată să îi înțeleagă cu adevărat. Rugămintea ei mi s-a părut inițial amuzantă, dar, după ce i-am citit e-mailul și am văzut de ce fusese în stare cu o noapte înainte, mă gândeam că asta nu e decât o distracție, atât pentru ea, cât și pentru mine. Și eu îmi doream să sar cu parașuta de mult timp, dar, mereu am evitat sau s-a întâmplat să nu fie momentul cel mai potrivit. Mereu m-am ascuns în spatele gândului că nu am alături de cine să fac acest lucru, iar atunci când s-a ivit ocazia și prietenii m-au întrebat dacă vreau, am inventat pentru ei, dar și pentru mine, scuze neplauzibile. Dar, acum, cu ea, mă simt hotărât. Cred că am nevoie și eu de puțină adrenalină în viața mea și ce mod mai plăcut de a o obține, decât un salt cu parașuta? Îi răspund repede la e-mail și îi spun că mă voi ocupa eu și reușesc să organizez totul pentru weekendul viitor.

„*Nu ți-am răspuns de câteva zile și, poate, te întrebi ce se în-
tâmplă cu mine. Sincer îți spun, am evitat să îți trimit asta, dar
mă gândesc că, dacă din dorința de a știi cât mai multe am făcut
ceea ce am făcut, și aceste lucruri sunt o parte din mine, poate nu
ar trebui să mă mai ascund de ceea ce cred sau de ceea ce vreau
să fac. Poate tu mă vei condamna, dar asta sunt, cu mine ai de
a face.*

*Depresia începe să lase urme în gândurile mele tot mai întu-
necate și pe fața asta pe care mulți o consideră de îngeraș. Mă
privesc în oglindă și tot ce văd sunt niște ochi triști, obosiți de
viață, o gură plictisită de atâtea vorbe rostite și un ten șters, fără
vlagă. Mă gândesc de două ori și încerc să caut o scăpare, o scuză,
dar mintea mea evită răspunsurile, știu deja că eu îmi doresc într-ade-
văr să fac și asta. Vreau să încerc să fiu și de partea cealaltă, a
femeii pe care o condamnam atât, toată viață mea, iar ăsta cred
că este momentul cel mai potrivit să o fac.*

*Ce poate fi mai greu pentru o damă de companie, decât să se
trezească într-o zi, fără chef și fără frumusețea care îi dă atâta
încredere în ea, în fiecare zi, dar să fie nevoită să își aștearnă
machiajul ăla fad, să-și arunce un zâmbet pe față și să spere că
viitorul client nu va citi tristețea și plictisul din ochii ei?*

*Hotărâtă să fac și asta, să încerc să fiu prostituată pentru o
noapte, i-am promis Andreei, cunoștința Elenei și, prin alianță,
și a mea, că, la următoarea întâlnire programată, voi veni și eu.
Andreea e prostituată de vreo 10 ani, din câte am înțeles din
poveștile ei. Ea refuză mereu să folosească cuvântul asta sau să
spună exact când și de ce a început totul. A refuzat chiar să ne
spună și vârsta ei reală. De fapt, nu a refuzat cu înverșunarea
reală a unei femei de 40 de ani care se simte îmbătrânită înainte
de vreme, doar că au fost situații când am auzit-o spunând că are
26 de ani, apoi, altele, când a spus că are 32.*

Vârsta ei nu este importantă pentru noi şi nu ar trebui să fie nici pentru ea. Pe Elena, în ultima vreme, de când au început să petreacă tot mai mult timp împreună, a impresionat-o sinceritatea ei, francheţea, faptul că nu se ascunde după degete şi îţi spune în faţă ceea ce simte. E o bună petrecăreaţă pentru prietena mea care caută de vreo doi ani să aibă o persoană de genul ăsta, în preajma ei, de când a observat că, atât eu, cât şi Patricia, nu-i mai facem faţă, dar nici nu mai avem cheful de altă dată.

Iar într-o seară, strânse în bucătăria mea, învăluite în fumul dătător de râsete, printre glume şi aburi, i-am spus că aş vrea şi eu să vin la o orgie, aş vrea şi eu să văd ce înseamnă să fii femeie plătită, măcar pentru o noapte. Andreea, când m-a auzit, iniţial, a crezut că glumesc şi m-a lăsat în pace. Nu-şi putea imagina cum cineva îşi poate dori într-adevăr asta. Dar, a doua zi, văzând că insist, mi-a promis că mă va ţine la curent. Iar oportunitatea a venit destul de repede.

Andreea mi-a promis că va fi chiar distractiv, că petrecerea va avea loc într-o casă, undeva în afară Bucureştiului, cu multe persoane cunoscute, iar la sfârşitul serii, după ce ne vom distra cu toţii, voi pleca, în cameră, cu cine mi se va spune.

Totul perfect, mi-am spus eu, perfect până astăzi, când m-am trezit şi starea mea de spirit mă face să mă simt ca o găină, gata să se ascundă în adăpostul ei.

Dar seara a venit parcă prea repede şi m-a prins nepregătită... Am încercat să îmi aplic în grabă nişte măşti de faţă şi de corp care, speram să îmi dea, cât de cât, puţină vigoare şi prospeţime. Nu am să mă ascund şi o să îţi spun că eram puţin nervoasă, că îmi era frică. Dar era frica de necunoscut, de faptul că nu ştiam ce trebuie să fac şi când să fac mai mult, nu era frica aceea că fac ceva interzis sau nelalocul lui.

După un binemeritat shot, mă urc în maşina Andreei, împreună cu alte două fete şi mă aştept să fiu plătită.

Ştiam deja care era preţul meu, cât urma să primesc pentru a împrumuta corpul meu pentru o noapte altcuiva. Iniţial, suma mi s-a părut enormă şi mă întrebăm, oare fetele astea de ce nu sunt milionare, cu vile şi maşini la scară, mă întrebam de ce nu văd ceasuri scumpe la mâinile lor şi a fost un moment când mă întrebam, în maşină, de ce nu sunt fericite. Ele nu făceau asta pentru prima oară, erau obişnuite, deci nu aveau de ce să fie nervoase, dar nu înţelegeam de ce nu zâmbesc măcar sau nu se bucură de mia aia de euro pe care o vor primi în curând. Pentru o secundă mi s-a părut totul al naibii de uşor, iar când am ajuns în faţa restaurantului, cu vila micuţă care răsărea în spate, eram liniştită şi pregătită pentru orice.

Am intrat în local, iar pentru câteva minute, cât timp Andreea m-a prezentat tuturor, iar eu am zâmbit forţat, fiecăruia în parte. Până să îmi iau locul la masă şi să comand, să încep să observ totul şi să analizez, am crezut că este vorba de o seară normală, de ieşit cu fetele.

Se aflau peste 25 de persoane aşezate la masă aia lungă, ca de pomană, dintre care, vreo 15 fete, unele mai vulgare ca altele. Îmbrăcate în rochii sclipicioase, cu coliere kitschioase la gât, toate cu părul buclat şi aranjat perfect la coafor, toate, dar absolut toate, aveau ori rochia exagerat de scurtă ori decolteul exagerat de adânc ori pe amândouă, iar, pentru o secundă, m-am simţit că o babă îmbrăcată în rochia aceea roşie, lungă până la genunchi şi cu un decolteu discret, în V... Mă liniştea însă gândul că şi Andreea este la fel de modest îmbrăcată ca şi mine şi se bucura de un real succes. Am rămas uimită că, dintre toate fetele de la masă, ea era cea mai respectată şi cu ea vorbeau, în general, toţi bărbaţii şi, când i se adresau, o făceau frumos. În schimb celelalte, erau luate în râs sau li se dădea peste nas, pentru cele mai mici greşeli.

Bârfele pe care le-am auzit în seara aceea, şoptite printre buze, de fete, la baie, sau tânăra care, duminica apare la televizor, pe post de asistentă, într-o cunoscută emisiune, extrem de incultă şi în realitate... toţi oamenii aceia celebrii din Bucureşti care organizaseră serata şi care se consideră o mare familie unită şi respectată, bărbaţii libidinoşi care veniseră acolo şi se grăbeau să pună mâna pe cea mai frumoasă femeie, pe cea mai sexy, pe cea cu care îşi imaginau o seară perfectă... m-au scârbit. Şi am început atunci, în seara aceea, printre paharele de vin, să le înţeleg pe fetele astea. Am înţeles de ce sunt frustrate şi singure şi triste, am realizat că intraseră într-o horă din care le era greu să mai iasă, dar, în care, nu mai puteau nici să joace. Iar cei mai câştigaţi aici erau bărbaţii. Ei se simţeau al naibii de puternici că puteau controla femeile că, pentru o noapte, puteau face ceea ce voiau, cum voiau şi unde voiau, fără să îi critice nimeni sau să îi arate cu degetul.

Nici nu îmi imaginez ce culoare s-a aşternut pe faţa mea din cauza şocului, în momentul în care l-am auzit pe unul din organizatori cum le ordonă unor fete să se urce pe masă şi să facă ceea ce el numea „show". Iar acolo, pe masă, printre pahare de vin şi farfurii pline cu mâncare, două dintre fete, au dansat lasciv şi s-au dezbrăcat complet şi au încheiat numărul cu un 69 atât de real, încât pentru un moment am crezut că nu poate fi adevărat. Dar era... iar fetele îşi dădeau din ce în ce mai tare interesul când vedeau sutele de euro aterizându-le la picioare.

Printre fum de ţigară, prafuri fără nume şi mult alcool, a venit şi ceea ce ei numeau sfârşitul serii dar, de fapt, reprezenta începutul, pentru noi, fetele. Fiecare a fost aleasă de câte unul şi s-a retras în vreo cameră, singură cu clientul sau cu altele ca ea, iar eu am avut norocul și „onoarea" să fiu preferată de unul din organizatori.

Andreea, slavă cerului că o cunoșteam și că este o persoană de treabă, a făcut tot posibilul să vină cu mine.

Și am intrat toți trei într-o cămăruța de la ultimul etaj, cele mai mari fiind rezervate pentru oaspeții privilegiați. Am făcut ceea ce mie mi s-a părut extrem de rușinos: am mers fiecare, pe rând, la baie, să facem duș, iar când m-am întors în cameră, ei deja începuseră „show-ul".

Timidă inițial, neștiind ce să fac, am rămas în picioare privindu-i, dar domnul ăla care, la televizor, își promovează corectitudinea și onestitatea, s-a ridicat, a încercat cu mine ceea ce părea a fi un sărut, apoi m-a întors cu spatele și m-a trântit pe pat. Totul a durat foarte puțin, dar a fost al naibii de umilitor, totul, atitudinea lui dezgustătoare că noi îi aparținem, felul în care a numărat banii în fața noastră, bancnotă cu bancnotă și ni i-a pus fiecăreia în mână, zâmbetul nostru tâmp atunci când i-am mulțumit pentru ofrandă, totul.

Dar se terminase, iar acum, din nou la adăpostul mașinii, de data asta doar eu și Andreea, am început să râdem și să glumim. Abia atunci am văzut-o și pe ea relaxată și fericită de suma pe care o avea în portofel. Aș fi vrut să o întreb mai multe în seara aceea, să îmi lămuresc mai multe întrebări, dar eram epuizată și tot ce am putut să facem a fost să mergem în club și să lăsăm alcoolul să ne amorțească gândurile despre noaptea respectivă.

M-am gândit mult la Andreea după aceea, la ea și la fetele ca ea, la suferința lor și la flagelarea la care se supun singure ca și cum nu ar avea încotro. Pe de o parte le înțeleg, și mintea mea nu cred că le mai condamnă, dar, pe de altă parte mă gândesc că multă lume trece prin asta fără ca măcar să fie conștientă. Multe acceptă o viață nefericită, dar trăită în lux, mulți bărbați *se cuplează cu femei mai bătrâne şi potente financiar, până şi eu, în ignoranţa negării mele, am făcut compromisuri.*

La naiba, până şi bunicul meu, mi-a spus în glumă, că s-a căsătorit cu bunica pentru că era mai bogată decât el.

Sunt compromisuri şi meserii pe care nu toată lumea le poate face, dar, pe care, pe de altă parte, mulţi le facem şi nici nu ne dăm seama. Noi singuri stabilim bariera de la care plecăm şi unde ne oprim, iar faptul că îi condamnăm pe alţii nu ne face mai buni, ne arată doar că refuzăm să înţelegem şi să acceptăm realitatea în care trăim. "

Sâmbătă, 5 octombrie.

Printre drumuri la spital și reuniuni cu prietenii, Maria alege să meargă la părinții ei în weekend și îmi spune că nu vrea să anuleze saltul nostru, vrea doar să îl amâne puțin. Îmi spune că dorește să mai petreacă ceva timp împreună cu părinții ei și știe că nu îi pot răspunde nimic la asta. La naiba, nici nu mă pot supăra pe ea pentru că a ales să o facă.

Dar eu, doritor de aventură, mă urc în mașină în dimineața asta și plec hotărât să fac saltul ăla de unul singur.

Acum, după ce totul s-a încheiat, nu pot spune că am simțit mare lucru, dar, atunci, pentru câteva minute înainte și după, adrenalina mi-a încălzit sângele în vene și mi-a făcut toți mușchii să lucreze mai bine și mai mult ca oricând. Mă simt mândru de mine că am făcut un lucru de care știam că, toată viața, mi-a fost frică, chiar dacă nu am recunoscut vreodată asta. Mi-a fost frică mereu, și mereu îmi va fi de înălțimi și nu de faptul că voi putea muri din cauza lor... Este doar nesiguranța pe care o simți atunci când privești în gol, de undeva de sus, tremurul ăla necontrolat al mușchilor și inima care îți bate atât de tare încât pare să-ți sară din piept. Te sperii de necunoscut dar, în același timp, te simți puternic, pentru că ești acolo, faci asta și reușești să îți stăpânești sentimentul ăsta de nedescris. E ciudat cum, de multe ori, mi-am spus mie și altora că nu îmi este frică, că foarte rar sentimentul acesta mă stăpânește, dar, citind ce scriu aici, văd că nu este așa. Doar că sunt momentele acelea, când siguranța momentului prezent ne face să fim puternici și să uităm de neliniștea de odinioară. Ne place să pledăm, să arătăm celorlați că noi suntem buni și puternici, iar mie, în mod special, mi-a plăcut să inoculez conștiinței mele ideea că sunt așa. Am vrut să îmi asigur gândurile fricoase că au de a face cu un om puternic, în stare de orice, dar, naivul de mine nu știe că sunt la fel ca toți ceilalți. Că nu mă deosebesc cu nimic de ceilalți muritori.

Dorințele Mariei și tot ce vrea ea să îndeplinească înainte de sfârșit mă duc cu gândul la mine și nu încetez să mă întreb, oare ce mi-am dorit eu să fac și nu am făcut? Dar mintea continuă să asigure stima de sine că nu s-a întâmplat nimic și că totul a decurs conform planului. Oare întradevăr așa este? Îmi aduc aminte că, acum ceva timp, o prietenă îmi lăuda stilul de viață și meseria, îmi spunea că, probabil, sunt încântat de ceea ce fac, iar zâmbetul meu de orgoliu satisfăcut probabil i-a folosit drept răspuns. Dar ce faci când nu este așa, când stai în casă și te întrebi de ce naiba te-ai trezit astăzi? Când simți că ești singur pe lumea asta și că nu există nimeni care să te aștepte la capătul unui tunel fără de sfârșit. Mă simt nu triumfător pentru tot ceea ce am făcut până acum, ci obosit, obosit pentru că simt că am muncit pentru alții, că am făcut-o ca să le demonstrez altora că pot, dezgustat că am făcut lucruri și munci pentru un trai mai bun sau pentru că visam la posteritate. Dar oare ce s-ar fi ales din eul meu paralel care ar fi lăsat totul la întâmplare și ar fi făcut doar ce și-ar fi dorit? Probabil ar fi fost până acum, de mult mort de foame, sau, poate, ar fi înmulțit populația boschetarilor din București.

Ies din casă grăbit și hotărât să fac ceva care să îmi alunge gândurile astea care mă tulbură în ultimul timp, dar, oglinda aceea mică din hol îmi trimite o reflexie neașteptată, oare sunt eu sau năluca?

Duminică, 6 octombrie.

Iaduri de nefericire îmi inundă sufletul şi, oricât de mult m-aş chinui să scriu sau să gândesc ceva frumos, răul mă înconjoară în vraja lui şi îmi îmbrăţişează gândurile, îmi sărută obrajii cu respiraţia lui fierbinte. Tot ce pot să fac este să nu mă împotrivesc. Trebuie să stau cuminte şi să accept totul şi să sper că va trece curând. Dar mâine a ajuns, iar clipa de după a trecut, iar viitorul va deveni ieri, din nou, fără să se întrevadă vreo schimbare în sufletul meu ofilit.

Iar noaptea atât de adorată în alte dăţi, acum nu doream decât să plece mai repede şi să dispară. Nu puteam aştepta o noapte care, îmi dădeam seama că va aşterne o ceaţă pe ochii mei. Cum puteam gândi limpede când mă trezesc direct din club, în patul ei, când mă uit în jur şi o caut dar nu o găsesc. Simt, pentru un moment, că mi-am pierdut minţile şi că trăiesc într-o iluzie şi văd realitatea cum se aşterne de partea cealaltă a deşertului... Dar, după ce mă arunc iar în pat şi închid ochii forţându-mă să-mi amintesc, mă trezesc la realitate. Probabil nu a fost decât un vis sau o amintire sau, poate, nu este decât ceaţa beţiei care îmi întunecă gândurile. Nu mai ştiu răspunsul şi nici nu am pe cine să întreb.

Adorm într-un final, tulburat şi plin de gânduri şi visez. Am cel mai real şi mai lung vis avut vreodată, iar asta mă pune pe gânduri. Este ciudat pentru mine, un om care nu bagă în seamă visele, un om căruia atunci când soarele îi deschide ochii îi ia și ultimele amintiri ale acelei vieți paralele. Dar astăzi mă trezesc năucit la realitate cu un singur gând în minte: să scriu, să scriu tot ceea ce am visat. Inițial am crezut că a fost vreo revelație dătătoare de lumină, dar, acum, când totul începe să se spulbere încet, sunt conștient de aberația visului, dar continui să mă bucur de magia lui. Este atât de ciudat că noi nu ținem minte cum începe un vis, ci, pur și simplu, ne trezim undeva, pe la mijlocul lui, deja în vârful acțiunii și ne purtăm de parcă am fi trăit de o viață iluzia asta. Îmi amintesc că am deschis ochii uimit de glasul celui care mă striga și care știam că mă așteaptă. Cobor repede din îmbrățișarea caldă a canapelei în care mă cuibărisem și îmi las picioarele purtate spre nicăieri. Mă las ghidat de vocea cuiva care îmi striga numele, un nume pe care nu reușeam să îl înțeleg sau să îl disting, dar știam că sunt eu, că pe mine mă caută. Și mă trezesc urcând niște scări infinite, apărute de nicăieri în fața mea, niște scări înguste, făcute parcă dintr-un pluș moale în care picioarele mi se cufundau cu totul. Cu privirea ațintită înainte mă văd ajuns la lumina care mi-a ghidat tot drumul și, chinuindu-mă să țin pasul cu gândurile mele tot mai amestecate, mă sperii de un glas care a izbucnit parcă din lăuntrul meu:

– Mihai, vino la mine!

Știam că este El, că este Dumnezeu, dar mi s-a părut straniu și neobișnuit să aud glasul acela gros care m-a făcut să tremur pe dinăuntru și mă cuprinde un fel de teamă de necunoscut, dar și o bucurie imensă, pentru că urma să fiu martorul unei minuni.

– Nu te teme, aud vocea cum rasună iar în mine, vino spre mine. Urmează calea pe care o ştii deja.

Mă uit împrejur şi nu văd decât nori, nori albi şi pufoşi pe care picioarele mele plutesc şi o lumină care îmi orbeşte simţurile. Închid ochii şi picioarele încep să se îndrepte singure spre nicăieri, în siguranţa întunericului din spatele pleoapelor. M-am lăsat purtat de visele gândurilor mele, spre o cărare nesfârşită, spre adevărata mea casă, spre Cel care mi-a dat viaţă şi conştiinţă. Mă îndreptam cu paşi repezi, spre cel pe care ştiam că îl cunosc, pe care îl mai văzusem fugitiv în gândurile şi în visele mele de pământean.

Îndreptându-mă încet spre cărarea fericirii, văd o lumină care devenea din ce în ce mai puternică şi, în spatele căreia, simţeam că mă aşteaptă El. Mi-am grăbit paşii şi ochii mi-au fost orbiţi de lumină, iar când am ajuns în faţa Lui, o emoţie puternică care îmi răscolea interiorul, un respect supranatural faţă de această fiinţă, mă cuprinde. Şi picioarele nu mai suportă povara sentimentelor şi cad, îngenunchind, în faţa Lui, ochii mei coboară în timp ce lumina ce izbucnea din El devenea din ce în ce mai puternică şi sentimentele mă copleşesc şi mai tare când îl aud vorbind:

– Ştiu că îţi este teamă de mine, pentru că tu crezi că nu mă cunoşti. Dar eu sunt Tatăl tău, iar tu, ca fiu al meu trebuie să fii fericit că eu te-am creat şi că te afli printre noi.

Fără să realizez că vorbesc sau să reuşesc să controlez cuvintele care îmi ieşeau pe gură spun:

– Îţi mulţumesc, Tată, pentru ce mi-ai oferit!

Rămân uimit şi, şocat, cu privirea aţintită la picioarele lui, apoi, tresar şi privirea mi se ridică, fără să vreau, la faţa lui când îl aud că începe să râdă tare și zgomotos. O gură mare râdea necontenit de mine, iar ochii săi negri mă priveau aproape în batjocură. Mă uit la El și mă uimește o persoană atât de familiară, pe care știu că o mai văzusem, dar, de care nu eram conștient că este atât de tânără. Tenul, puțin creol, și ochii lui mari și negri îi imprimau o expresie răutăcioasă atunci când râdea așa puternic, iar pieptul îi urca și îi cobora continuu din cauza râsului necontrolat, ca al unui om bătrân care caută aer după o criză de tuse. Îmi las privirea în jos și îi văd goliciunea și, atunci, realizez că și eu sunt gol. Conștientizez că El nu mai râdea de ceva vreme, îmi îngăduia să-L privesc, să îl analizez și ochii lui se micșorează datorită unui surâs răutăcios, când vede că mă rușinez...

– Nu te teme, fiul meu. Am vrut să îți arăt că Eu pot controla totul, chiar și pe tine. Vreau ca tu să fii conștient că Eu sunt stăpânul tuturor. Dar este prima și ultima oară când o fac. Eu v-am înzestrat pe toți cu conștiință și sentimente și doar voi sunteți responsabili de deciziile pe care le luați, iar Eu vreau doar ca voi să fiți bucuroși în casa mea, pe care sunt fericit să o împart cu voi. Vreau ca tu să alegi singur ceea ce vrei să faci. Dacă vrei să leneveşti, să meditezi, să asculți susurul apei toată ziua și să te înfrupți din merindele pe care le poftești, nu ai decât... Nimeni nu va fi prin preajma ta să încerce să te schimbe sau să te judece, nimeni nu are dreptul ăsta. Dacă vrei să citești sau să studiezi, să scrii poeme sau cântece pentru frații și surorile tale sau, poate, vrei să pictezi sau orice altceva... totul îți stă la dipozitie.

– Îți mulțumesc Tată, pentru tot, de data aceasta vorbeam eu, conștient de vorbele mele.

– Vei fi fericit aici, printre frații tăi. Și nu vei mai ști ce este frica sau foamea, egoismul sau mândria, invidia sau mânia. Vor fi toate uitate, iar din sufletul tău, care va deveni pur, vor izvorî numai sentimente de dragoste și de înțelegere. Eu nu te voi chema de multe ori la mine, decât dacă voi vrea să te felicit sau voi fi nevoit să te pedepsesc, dar tu mă poți chema de câte ori vrei. Trebuie doar să închizi ochii și să urmezi cărarea fericirii.

– Dar, Tată, îi spun eu, dacă suntem în paradis, de ce vei simți nevoia să mă feliciți sau să mă pedepsești? îl întreb eu cu sprâncenele încruntate, încurcat de întrebarea mea, dar dornic de un răspuns lămuritor.

– Știu că este derutant, dar, așa cum ți-am spus, cu toții sunteți înzestrați cu conștiință proprie și puteți să alegeți în fiecare clipă pentru voi. Tot ce vreau este să vă gândiți la fericirea voastră, dar și la a celor din jur. Egoismul este unul dintre cele mai urâte și mai puternice sentimente pe care am fost nevoit să le creez și cu care voi sunteți nevoiți să vă luptați. Îți cer doar să nu îi deranjezi pe semenii tăi, să nu îi faci nefericiți, pentru că, dacă se va întâmpla asta, voi fi nevoit să te pedepsesc. În momentul în care am creat paradisul și am ales liberul albitru pentru voi, pentru a evita haosul, am fost nevoit să fac o lume paralelă care se numește infern sau iad, așa cum îi spun cu toții, acolo, jos. Acolo îi trimit pe toți aceia dintre voi care greșesc aici, sus, sau pe cei care aleg de bună voie să meargă. Cealaltă lume se află la picioarele tale și este un loc unde cei care trăiesc nu conștientizează că se află în infern. Odată ajuns acolo, uiți tot ce ai trăit aici și ai parte doar de nefericire, suferință, foamete și războaie. Acolo trebuie să te lupți ca să răzbați și trebuie să calci pe cadavre ca să ai ce mânca. Acolo, jos, foamea stomacului și a sufletului te macină zilnic, este un loc unde oamenii nu trăiesc veșnic, ci, doar câțiva ani, iar apoi, dacă s-au căit suficient de mult sunt aduși printre noi, dacă nu, sunt retrimiși jos ca să mai trăiască experiența unei alte vieți mizere și pline de suferință. După cum bine știi, aici timpul nu există, dar, acolo, jos, da. Și timpul îi schimbă pe oameni, le macină chipurile și le schimonosește corpurile. Tot timpul îi condamnă pe oameni la zile și ani de suferință, pentru că îi fac pe cei dragi și apropiați să piară. Vezi tu, dragul meu fiu, când ajung acolo, jos, oamenii se nasc mici și cresc odată cu trecerea timpului, se nasc știrbi și fără păr în cap, fără cunoștințe și fără să știe să vorbească, se nasc în locuri și culturi diferite și nu se înțeleg între ei, decât foarte greu. Se luptă și se omoară unii pe alții din gelozie sau din dorința de avuție. Acolo, jos, mulți nu cred în existența mea, unii cred, dar îmi dau alt nume, alții mă slăvesc și îmi ridică altare, sărută icoanele chipului meu sau picioarele statuilor, dar puțini sunt cei care știu cu adevărat ce fac Eu, de fapt, și care este semnificația cuvântului paradis. O să mai afli și singur multe lucruri despre infern, dar, cel mai bine este să nu te gândești la ei, dar, dacă vrei să-i vezi, nu trebuie decât să privești în jos. Și Dumnezeu a dat la o parte, cu mâna lui, norul care ne înconjura picioarele și am văzut o imensitate neagră și întunecoasă, iluminată ici și colo de câteva stele, iar în centrul lor o planetă albastră își făcea rotația zilnică în jurul unui astru căruia ei îi spun soare. Acesta era pământul, casa celor de jos, a damnaților și a nefericiților, infernul.

— Du-te copile, du-te și fii fericit în casa mea și fă tot ce îți poftește inima și nu uita că Eu îți sunt mereu aproape.

Am clipit și într-o secundă m-am trezit și am alungat cu ultimele puteri amintirea visului.

Dar ce am visat oare? Mintea mea înceţoşată încearcă să îşi aducă aminte, dar nu poate... parcă este totul prea îndepărtat, parcă s-a întâmplat pe alt tărâm. Mă ridic încet de la birou şi mă uit împrejur... Oare mi-am pierdut minţile? Sau poate încă visez la un paradis inexistent, poate eram prins în vreun vis urât, groaznic şi confuz din care aveam să mă trezesc în curând, pentru că mintea mea credea că este imposibil ca asta să fie realitatea. În primul moment m-am gândit că, dacă închid ochii şi îi strâng puternic, mă voi trezi, dar, nu, eram tot acolo. Am încercat să mă ciupesc, să mă lovesc încet peste faţă, dar realitatea simţurilor mele complet funcţionale m-a speriat şi doar ultimele cuvinte scrise pe foaie mi-au fost martorele zbuciumului.

O sută de ani în infern sau o sută de ani în paradis?

Voi, noi, cu toţii, oamenii de rând, care nu gustă zilnic din nectarul zeilor, ce am alege?

Am prefera să trăim într-un tărâm paradisiac plictisitor, unde nimic nu se întâmplă, în afară de frumuseţe sau alegem infernul iadului, unde, în ciuda întregii suferinţe, măcar încercăm şi răul, nu doar perfecţiunea?

Prin simplul fapt că suntem oameni, devenim, automat, imperfecţi şi nemulţumiţi. Tot timpul vom visa la ceea ce nu avem. Vom căuta nemurirea atunci când moartea este aproape şi paradisul atunci când răul ne face slabi, dar ce am alege atunci când iluzia perfecţiunii ni se aşterne la picioare?

Poate Dumnezeu ne-a creat pe toţi perfecţi, poate noi suntem perfecţi şi nu ne dăm seama, ascunşi în spatele ignoranţei noastre. Şi sunt conştient, acum, că El ne iubeşte aşa cum suntem, cu toţii diferiţi unii de alţi, fiecare cu propriile idei şi alegeri. Cred că până şi paradisul ar fi devenit al naibii de plictisitor, dacă am fi fost cu toţii la fel.

Încep să mă îndoiesc, ca întotdeauna, de existenţa Lui, sau de a mea, încep să cred că Maria este într-adevăr o nălucă, iar eu, poate, sunt un mort fără speranţă, pedepsit de Dumnezeu să putrezească o eternitate şi jumătate, închis în spatele porţilor iadului.

Luni, 7 octombrie.

„Țin să-ți împărtășesc că mi-am mai îndeplinit o dorință. Ascunsă în spatele ideii că știu că va fi un cadou frumos pentru
părinții mei, sunt conștientă că, de fapt, este ceva ce mi-am dorit
de mult să fac: o ședință foto profesionistă. Și, cum un prieten pe
care îl cunosc de câțiva ani prin intermediul Elenei, mă tot bătea
la cap să-mi facă niște poze, când l-am întâlnit recent, la o petrecere, i-am spus că sunt pregătită. Iar el nu a așteptat ca eu să
mă răzgândesc, așa că a organizat totul imediat. Acum când îți
scriu aceste rânduri, privesc încă pozele terminate, unele dintre
ele retușate de ochiul lui de profesionist și îmi amintesc senzațiile
care mi-au îmbujorat obrajii în seara când stăteam timidă în fața
aparatului de fotografiat.

Băiatul ăsta mă place de mult, iar eu știu asta, iar în felul meu ciudat l-am plăcut și eu pe el, întotdeauna. Ce m-a oprit
mereu a fost faptul că am aveam deja un iubit în perioada când
l-am cunoscut și am continuat să am până recent. Și, chiar dacă
erau seri când în compania lui mă simțeam mai bine decât cu
iubitul meu, orgoliul și dorința de a nu greși, de a nu face niciodată ceva în neregulă, m-au blocat. Și, chiar dacă de multe ori,
din spatele dorinței tot mai crescânde, i-am dat și eu de înțeles
că îl plac, niciodată între noi nu s-a întâmplat nimic altceva în
afară de zâmbete vinovate și bătăi de inimă necontrolate. Știu
că doar îl plac și știu că este dorința fizică cea care mi-a încălzit

mereu sângele, ştiu că noi doi, ca oameni, nu ne potrivim şi nu ar fi nimic altceva între noi în afară de o noapte pasională de sex. Dar, uitându-mă acum la poze, îmi amintesc de felul în care îmi vorbea şi îmi făcea obrajii să mi se încălzească, îmi amintesc privirile timide pe care i le aruncam, priviri nevinovate. Ştiu că visez în van şi ştiu că nu mai am nici un drept la nimic, dar nu contenesc să mă întreb: oare ce gust au buzele lui? Oare mâinile lui se plimbă atât de erotic pe spatele meu, ca în fanteziile mele? Oare în căldura patului meu, ascunsă în penumbra misterului aş fi ajuns să îl iubesc?

El nu este singurul, sunt atâţia alţii pe care i-am dorit şi pe care nu i-am avut şi nu sunt dezamăgită de asta, doar mă întreb: am avut iubirea în faţa mea iar eu am închis ochii şi m-am făcut că nu o văd?"

Miercuri, 9 octombrie.

Simt că sunt iar pe culmile tinereții și am impresia că totul este posibil și că iluziile există doar între cei patru pereți ai minții mele. M-a sunat și mi-a spus că se simte singură și, chiar dacă nu a formulat o invitație în adevăratul sens al cuvântului, am citit printre cuvintele ei dorința de a petrece ceva timp cu cineva. Poate nu neapărat cu mine, dar știam că prezența mea, a unui necunoscut care încă nu i-a descoperit misterul întregii ei ființe, îi va face bine.

În 15 minute, după ce mi-a telefonat, mă postasem deja, dornic, în fața ușii ei. Dornic de ea, de prezența și de intelectul ei, dar, în același timp, dornic să îi simt și să îi miros pielea proaspătă, dornic să o cuprind în brațe și să o simt cum se deschide ca o floare la adăpostul căldurii mele. Sunetul soneriei mi-a trezit cât de cât conștiința la realitate, iar în timp ce urletul acela metalic și sâcâitor încă mai vibra în aer, ea îmi deschide ușa. Își ascundea trupul în spatele ușii de lemn, dar zâmbetul puțin timid, puțin pervers, care îi lumina toată fața atunci când mi-a șoptit că mă poftește să intru, m-a făcut să tremur pe dinăuntru. Simțeam că pune ceva la cale și speram ca gândurile mele să nu se înșele atunci când am pașit timid și îndoielnic în casa ei. Când a închis ușa în urma mea, iar

eu m-am întors să o privesc, am observat-o, parcă, pentru
prima dată în viața mea. Și am continuat să o privesc
mult timp așa, fără să mișc nici un mușchi, aproape fără
să îndrăznesc să răsuflu, pentru că, probabil, îmi era frică
să nu stric, fără să vreau, iluzia momentului. Mi-am dorit
atunci, mai mult ca niciodată ca ea să mi se întipărească
în memorie, așa cum se afla, în fața mea. Voiam să țin
minte pentru totdeauna zâmbetul ei puțin timorat, al
unui copil conștient de năzbâtia pe care urma să o facă.
Își cobora din când în când privirea încercând să ascundă
măcar puțin, adevaratele ei intenții. Mi-am lăsat încet
ochii să alunece spre gâtul ei gol, spre vena aceea groasă,
unde, imperceptibil, îi vedeam pulsul alarmat. Trupul îi
era gol, gol pe sub veșmântul acela minuscul și transpar-
ent, de dantelă, care mă incita incredibil. Simțeam cum
pulsul mi-o ia razna și nu conteneam să o privesc, să
încerc să o descopăr pe sub dantela aceea care i se lipea
atât de bine de corp încât părea a doua piele. După un
minut, probabil, în care eu tot ce am facut a fost să mă
delectez și să îmi scald privirile tot mai înfometate,
mă uit la fața ei și o văd că zâmbește stânjenită. Și m-am
apropiat încet de ea, i-am mângâiat fața de care îmi fu-
sese atât de dor încât mi-ar fi fost și rușine să recunosc și,
cu degetele, am trecut peste pleoapele ei și i le-am închis.
Așa cum stătea, atunci, acolo, era cea mai frumoasă fe-
meie pe care am întâlnit-o vreodată. Poate nu cea mai
frumoasă pentru alții, dar era pentru mine. Simțeam cum
sângele îmi ia cu asalt pantalonii, iar trupul nu a mai rezis-
tat dorinței și am început să o sărut puternic și animalic.
Mai întâi buzele, pe care i le-am și înroșit cu gura mea
barbară, apoi am continuat rapid, spre gât, până când am

ajuns şi i-am cuprins sfârcul între buze. Cu o mână nu mai conteneam să o mângâi, iar cu cea liberă încercam să mă descătuşez repede de pantalonii care acum atârnau pe mine de parcă ar fi fost de plumb. Cu pantalonii în vine şi cu tricoul încă pe mine i-am ridicat crud şi nemilos rochiţa aceea minusculă şi am urcat-o pe prima măsuţă pe care am găsit-o în cale. Şi acolo, în hol, unde respiraţiile noastre răsunau mai ceva ca într-o peşteră am posedat-o puternic. Am simţit că este a mea, iar organul meu a ajuns aproape imediat la climax, atunci când i-am simţit respiraţia caldă pe gât, când i-am simţit unghiile care mă zgâriau dureros şi plăcut pe spate. Am ajuns la punctul culminant în acelaşi timp şi, după ce mi-am tras respiraţia, cu capul ascuns în părul ei, mă îndepărtez uşor şi o privesc. Începe să râdă ca un copil inocent, iar, apoi, din ce în ce mai tare, iar naivitatea aceasta a jocului ei mă face şi pe mine să râd. Şi, amândoi tăcuţi, ascunşi în spatele dorinţei, nu am schimbat nici o vorbă până târziu în noapte, până când orgasmul nu ne-a purtat de nenumarate ori pe culmile sale. Iar, când, într-un final, extazul şi plăcerea, ne epuizaseră prea tare pentru a mai continua, ne-am mutat în bucătărie. Unde printre fum şi sticle de vin, farfurii cu mâncare care speram să ne redea forţele am început să vorbim.

— Îţi mulţumesc pentru seara aceasta, îmi spune ea. Chiar simţeam nevoia de sex, de orgasm, de tine.

Zâmbesc la auzul vorbelor ei şi trebuie să recunosc că, pentru o clipă, mi-s-a umplut sufletul de bucurie.

— Doar ştii cât de mult te doresc, chiar dacă nu ţi-am spus niciodată, eşti conştientă de asta, nu?

– Știu și mai știu că și eu te doresc... și face o pauză.
Chiar te plac, Mihai, dar trebuie să înțelegi că nu vreau să
îți fac vreun rău. Nu vreau să suferi și sunt conștientă că
am fost egoistă când am acceptat să fim prieteni și, mai
apoi, când am acceptat să facem sex, dar și acum, când îți
spun că îți împărtășesc sentimentele.

– Orice s-ar întâmpla, chiar dacă am termina totul
astăzi sau am fi terminat totul din prima zi, eu nu aș fi
uitat toată viața chipul tău. Dacă destinul sau soarta sau
poate Dumnezeu a vrut ca noi să ne întâlnim, nu cred că
noi suntem responsabili sau vinovați de ceva. Și sunt sin-
cer când îți spun că prefer să trăiesc o viață în care să
sufăr și să mă topesc de dorul tău, decât să nu te fi întâlnit
niciodată.

– Spui asta acum, pentru că deja mă cunoști.

– O spun pentru că, simpla ta prezență m-a schimbat
enorm. Sunt câteva săptămâni de când te cunosc și eu am
impresia că sunt un alt om.

– Ce fel de om? mă întreabă ea mirată.

– Un altul doar, unul pe care nu știam că îl cunosc sau
că există în mine. Aș fi putut trece prin viață ca și până
acum sau aș putea să mor chiar mâine, dar, dacă nu te cu-
noșteam, nu știam că înlăuntrul meu se află și un Mihai
capabil de asemenea sentimente.

– Și ce vei face când eu voi muri?

Mi-a tremurat sufletul când am auzit cuvântul ăsta,
era, cred, prima oară când o auzeam spunându-l. Mereu
l-a evitat, mereu a încercat să denumească totul altfel și să
prezinte totul în altă lumină, dar, acum, când o aud că
este într-adevăr conștientă de tot, mă sperii și eu și devin
mut.

– Nu mă înţelege greşit, sunt sigură că o să faci ceea ce ai făcut şi până acum. Ştiu că viaţa ta nu se va sfârşi odată cu a mea. Ştiu că vei suferi, dar că îţi va trece, poate mai devreme sau mai târziu, dar îţi va trece. Te întreb doar, ce vei face cu acest „nou" Mihai pe care l-ai descoperit după moartea mea?

– Probabil... nu ştiu. Chiar nu ştiu, Maria. Mă simt fără puteri când îmi vorbeşti aşa şi, de fiecare dată când mă gândesc la tine, eu încă mai sper.

Îşi lasă capul în pământ şi îmi zâmbeşte trist de după rotocoalele de fum care îi distorsionau faţa.

– Este sigur, nu mai este nici o speranţă. Am primit rezultatele şi de la ultimul medic şi m-am lovit de aceleaşi păreri, aceleaşi întrebări şi aceleaşi răspunsuri. Mă îndeamnă şi el să mă îndrept spre patul de spital, încearcă să îmi dea ceva speranţă, dar ştiu că nu există. Sunt conştientă de asta.

– Şi vrei să faci în continuare ceea ce ai ales?

– Da, nu mi-am schimbat părerea.

O privesc şi mintea mea înţelege clar până şi vorbele pe care nu voia să le rostească şi simt cum lacrimi mari şi usturătoare mi se preling pe obraz şi dau să spun ceva, dar gâtul meu este sufocat de ţipătul de disperare ce mi se blocase acolo. O simt că se apropie de mine şi văd prin perdeaua de lacrimi că vrea să mă ia în braţe, dar o resping cu o mână, îmi şterg lacrimile cu cealaltă şi o întreb:

– Ai de gând să faci totul în curând, nu?

Tace, nu doreşte să îmi spună nimic, dar citesc în tăcerea ei răspunsul pe care nu mai avea putere să îl formuleze. Am stat amândoi tăcuţi o vreme, printre scrumiere tot mai pline, până când şi-a făcut ea curajul să spargă gheaţa.

– Trebuie să mă înţelegi, Mihai. Vreau ca tu, singurul care ştie, să mă înţelegi şi să încerci să te pui în locul meu. Sunt momente şi zile, ca şi astăzi, când totul este perfect şi am impresia că boala asta de care m-am lovit nici măcar nu există, că este totul un vis urât pe care l-am încheiat de ieri. Dar, în acelaşi timp, sunt zile, din ce în ce mai dese în ultimul timp, când, efectiv, nu pot ieşi din casă, când nu pot coborî din pat. Sunt perioade când pastilele mă fac să vomit o zi întreagă sau altele când boala îmi dă dureri groaznice de cap şi ameţeli teribile. Iar astea eu nu le pot rezolva. Trebuie doar să aştept, să-mi treacă. Şi mă crezi când îţi spun că nu mai suport? Nu mai suport durerea şi chinul ăsta fizic, dar, în acelaşi timp, ceea ce mă dărâmă cel mai tare este chinul mintal. Mă istoveşte faptul că eu, zi de zi, clipă de clipă, mă gândesc şi acţionez de parcă nu aş mai avea nici un viitor, iar asta pentru că nu am. Mă doare totul, mă doare că Elena m-a sunat astăzi să mă întrebe dacă vreau să mergem în vacanţa de Crăciun, în Cuba. Cum pot eu să îi spun „nu"? Cum pot eu să îi explic, că, până la Crăciun, eu nu voi mai fi printre voi? Cum pot eu să vorbesc cu mama zilnic, la telefon, şi, de fiecare dată, când îmi iau rămas-bun, să am impresia că este posibil să îi aud vocea pentru ultima oară?

O opresc lacrimile care îi şiroiau pe obraji, de ceva vreme, dar pe care nu le băgase în seamă până atunci. Simţeam că mai are multe de spus şi am vrut să o las să îşi continue monologul, am vrut să o las să se descarce, să ţipe la mine, să se elibereze de demoni, măcar pentru un moment.

– Şi eu aş vrea să pot face ceva pentru mine, îşi şterge lacrimile şi îşi drege vocea şi o simt că este pregătită să continue. Dar trebuie să înţelegi că nu este nimic de făcut. Şi trebuie să mă laşi să fac totul aşa cum cred eu că este mai bine. Iar într-o zi, când nu îţi voi mai răspunde la telefon, vei înţelege singur ce am făcut şi vei şterge numărul meu şi îţi vei continua viaţa ca şi cum nimic nu s-a întâmplat.

– Şi părinţii tăi, prietenii tăi... aş vrea să fiu acolo când...

– Ai vrea să vii la înmormântarea mea?

– Da.

– Cu ce te-ar încălzi asta? Nimeni din jurul meu nu te cunoaşte, nimeni nu ştie de existenţa ta în viaţa mea. Ai avea doar multe explicaţii de dat şi nu cred că este cazul.

– Şi cartea? o întreb eu neliniştit.

– Cartea a fost doar un pretext pentru mine. A fost un prilej să scriu eu despre mine şi să mă cunosc mai bine şi un pretext să vorbesc cu tine. Să vorbesc cu un străin. Dacă tu vrei să o scrii şi să o publici, faci cum vrei. Ţi-am spus de la început că nu vreau numele meu acolo, nu vreau ca părinţii mei să citească despre fanteziile mele sau despre tot ce am făcut eu în ultimul timp. E... un pretext, da... un pretext.

Fără să vreau am răsuflat uşurat, ea nu ştia că nu mai scrisesem nimic, că eram incapabil de a mai compune o poveste cum se cuvine.

Am pierdut vremea mult timp în bucătărie, povestind diverse, iar când zorii s-au ivit nestingheriţi printre perdele, ne-am ascuns îmbrăţişaţi între aşternuturi.

Dimineața m-am trezit înfierbântat și transpirat și încrezător că totul fusese doar un vis. Dar cearșaful ei mov m-a trezit la realitate, doar că ea se evaporase din încăpere. Inițial, m-am uitat la ceas, țin minte că spusese că la 12:00 se întâlnește cu prietenele ei și mă gândeam că, poate, se făcuse deja ora și plecase fără să mă trezească. Dar nu era decât 9:30. Cobor grăbit din pat strigând-o. Și nu primesc nici un răspuns și continui să o caut prin casă, prin bucătărie sau living, nimic. Răsuflu ușurat când văd că, de sub ușa de la baie, se prelinge lumină artificială și bat încet și îi șoptesc numele. Îmi răspunde într-un final, dar vocea ei atât de stinsă m-a speriat și, fără să o întreb, am deschis ușa băii. Ea se afla pe jos, sprijită de cadă, cu ochii istoviți de lacrimi, tenul ei, de obicei bronzat, era acum alb ca varul, iar cearcănele albastre ce i se vedeau pe sub ochi o făceau să semene cu o fantomă. Mă sperii și mă aplec să o iau în brațe în intenția de a o duce în pat, dar mă respinge fără să îmi spună nimic. O mângâi, vorbesc cu ea, țip, o întreb disperat ce vrea să fac, dar ea rămâne impasibilă, în aceeași poziție, uitându-se scârbită la mișcările mele sacadate.

— Pleacă, te rog, reușește să spună într-un final. Vreau să rămân singură.

— Dar, Maria, nu te pot lăsa singură aici, spune-mi cu ce te pot ajuta, o rog disperat.

— Vreau doar să pleci... te rog.

După alte câteva rugăminți fără nici un răspuns din partea ei, reușesc să o car până la pat unde se întinde și se întoarce cu spatele la mine. După o clipă de tăcere, în momentul în care mă pregăteam pentru o nouă rugăminte, probabil cu ultimele forțe a țipat disperată la mine:

– Pleacă, apoi a mai tăcut o clipă, ce a părut o eterni-
tate şi mi-a spus iar, încet :

– Vreau doar să pleci!

Şi am plecat, recunosc, cu coada între picioare, dar
speram că nu fac nimic greşit când am ales să dau ascul-
tare rugăminţilor ei.

Ajuns acasă, nici patul şi nici alcoolul nu m-au facut
mai puternic şi nici nu m-au ajutat să trec peste moment.

Sâmbătă, 12 octombrie.

Afară a început să plouă încet şi mohorât, iar apa asta murdară care cade din cer mi-a spălat fereastra, dar şi gândurile care îmi inundă capul. Ciudat şi straniu, dar mă simt mai liniştit ca oricând. Simt gândurile negre cum plutesc afară din mine şi mă las inundat de o pace pe care nu ştiam că o am. Dar, în acelaşi timp, mă simt atât de slăbit încât nu mai am nici chef şi nici putere să mă mai gândesc la ceva, la orice.

Stau acum, în faţa cafelei aburinde, cu o ţigară aprinsă în mână, de care mă tot chinui să trag din când în când. Mă întreb de ce moartea nu ne ia în îmbrăţişarea ei pe amândoi, de ce nu ne adoarme cu respiraţia ei de otravă? Dar, apoi, mă simt iar mai puternic ca oricând şi parcă mă agăţ, cu toate puterile, de viaţa asta care nu mai are nici un sens. De când m-am trezit nu fac decât să caut soluţii şi răspusuri la întrebări. Caut, fără să găsesc, rezolvări pentru problema Mariei, dar şi a mea. Tot ce vreau este să ne mutăm din oraşul sau din ţara asta nenorocită. Vreau ca totul să fie roz şi să plecăm într-un loc cald şi însorit unde nimic nu este rău şi nu există nici o problemă. Îmi doresc să mor odată cu ea, dar, în acelaşi timp, îmi doresc viaţă veşnică tot alături de ea. Mă întreb pentru a mia oară ceea ce m-a întrebat şi ea, eu ce voi face după? Eu voi mai avea viaţă după moartea ei?

Renunţ cu greu la cafea şi încerc să ignor şi începutul de răceală care punea încet stăpânire pe mine şi plec să hoinăresc pe străzi. Coborând scările, mă întâlnesc cu un vecin care mă salută politicos şi mă întreabă despre viitoarele mele proiecte şi planuri, dar eu scurtez amabil discuţia şi plec. El nu ştie că vorbeşte cu un om care deja este mort. Şi de unde să ştie el că mâine sau poate luni va fi ziua mea finală? Ce ştie un om mărunt despre un condamnat la moarte? Probabil nici nu îşi imaginează că va fi ultima dată când mă va vedea. Continui să îl aud cum vorbeşte până ies din bloc, dar o dată ajuns afară, expus în bătaia vântului şi a ploii mă trezesc la realitate. Mă înfăşor mai bine şi tremur de câteva ori pe sub haina mea subţire care nu mă ajută oricum deloc. O fac grăbit la stânga şi mă opresc după câţiva paşi în faţa restaurantului meu favorit, dar uitându-mă nedumerit ba în stânga, ba în dreapta, nehotărât încă dacă să intru şi să mă înfrupt dintr-un prânz copios sau să pornesc mai departe prin ploaia care deja se înteţise rău, ochii mi se opresc pe biserica de vizavi şi, fără să mă gândesc prea mult sau să conştientizez ceea ce fac, îmi las picioarele să mă poarte în stradă, printre maşini şi, apoi, direct în locaş.

Era atât de multă linişte înăuntru încât, iniţial, m-am speriat, dar, după ce arunc o privire şi mai văd două persoane aşezate pe băncuţele din rândul din faţă mă liniştesc puţin, nu eram singur. Era prima dată când intram într-o biserică, după mulţi ani şi, sincer, să vă spun, nu ştiam nici ce trebuia să fac, nu ştiam precis nici de ce intrasem acolo. Căutam doar puţină linişte şi, văzând că am parte de un

abis de liniște în locașul acesta, mă așez și eu pe una din
bănci, una din ultimul rând și închid ochii pentru o clipă
și gândurile mă poartă pe tărâmuri necunoscute, caută
fără încetare cauza neliniștii mele... în zadar. Și, fără să
vreau, mă gândesc la ea, apoi din nou la mine, și îmi vin
în minte copilarii pe care le credeam pierdute.

Am deschis ochi și m-am uitat neliniștit în biserică.
Nu înțelegeam de unde venise zgomotul ăla metalic, dar
m-am calmat când am văzut un puști, destul de mic, în
fața altarului, care aproape dărâmase candela cu lumânări.
Maică-sa l-a tras repede de mână afară și, în drumul spre
ieșire, i-a dat două palme la fund certându-l doar din pri-
viri. Mă uitam la ea cum trecea repede pe lânga mine și îi
citeam în ochi, furia și rușinea. Și mă întrebam dacă ea e
mai fericită decât mine, oare și ea are alte gânduri care o
stăpânesc noaptea, înainte să adoarmă? Oare ea se simte
mai împlinită și mai liniștită doar pentru că este mamă
sau își dorește să nu-l fi făcut?

Am închis iar ochii și visam la toată copilaria mea
nefericită, mânată de monștrii din interiorul meu, visez la
o adolescență lipsită de prieteni sau de oameni, în gene-
ral, visez la ziua de acum o lună când am văzut-o pentru
prima dată. Visez la ziua aceea ca zi în care mi-am găsit
menirea și scopul. O zi în care m-am simțit mai fericit și
mai nenorocit ca niciodată. Îmi ridic privirea și mă uit la
picioarele de lemn ale unui Iisus urât și mă întreb dacă
am vreun drept să îi cer ceva. Să îi cer putere să trec peste
toate sau liniște?

Ajung acasă amețit de febră și ud leoarcă, dar puterile
nu mă ajută decât să arunc pantalonii de pe mine, mă bag
în pat și adorm agitat.

Nu mai ţin minte mare lucru, ştiu doar că m-am trezit de vreo două ori şi am dat cu ochii de chipul ei. Era bine, luminoasă la faţă şi îmi zâmbea plină de înţelegere şi mă îndeamnă să mă schimb, să iau pastile sau să mănânc ceva. Ştiu că nu aveam putere nici să-i vorbesc, nici să mă împotrivesc şi nici să o întreb cum a intrat la mine. Adorm iar, cu gândul că am lăsat uşa deschisă fără să îmi dau seama.

Mă trezesc într-un final, cu dureri groaznice de spate din cauza lenevelii lungi în pat... Nici nu ştiu cât am bolit aşa, inconştient. O caut prin casă, dar nu găsesc decât urme şi semne că ea ar fi fost aici şi o sun. Ca întotdeuna nu binevoieşte să-mi răspundă. Într-un final, cu furnicături în degete, dornic de a scrie, în speranţa că scrisul mă va trezi iar la realitate, deschid calculatorul şi mă lovesc de o notă.

„*Mă numesc Maria. Mi se pare atât de ironic numele ce mi-a fost destinat încât, de fiecare dată când mă prezint, zâmbesc puţin în sinea mea. Părinţii mei probabil nu şi-au închipuit nici o secundă ce va deveni fata lor când mi-au dat numele ăsta sfânt. Au crezut că numele celei mai sfinte femei din Biblie, a Fecioarei supreme, va fi un stimul destul de puternic ca să mă ferească de rău şi să mă determine să devin o cuvioasă, handicapată în gândire, dar perfectă ca om pentru ei şi pentru societate. Bineînţeles că eu nu mi-am dorit să-mi dezamăgesc părinţii sau să le înşel aşteptările, dar primul semn care mi-a fost dat spre viaţa istovitor de desfrânată şi deziluzionantă pe care urma să o am, a sosit devreme.*

Am crezut tot timpul că sunt un copil normal, o fată care studiază suficient de mult ca să mulţumească pe toată lumea, dar care are grijă să se bucure şi de fericirea copilariei... Am realizat treptat că eu sunt altfel, că, de multe ori, preferam să trăiesc singură şi izolată, că prefer să vorbesc cu mine sau cu propriile mele cărţi, decât cu naivii cu care împărtăşeam aceeaşi vârstă. Ieşeam şi mă bucuram de societatea celorlalţi doar atunci când îmi era impusă sau când eram forţată de obligaţiile sociale ale dragilor mei părinţi. Iar, din acest motiv, mi-am petrecut majoritatea copilăriei înconjurată de adulţi, de mătuşi şi unchi, bunici şi rude. Am realizat de atunci că sunt, poate nu frumoasă, dar îndeajuns de drăguţă, încât să atrag priviri străine. Realizam că nu este acea frumuseţe a copilariei pe care o au şi alţi copii, ci reprezentam acea puritate în comportament şi în gândire, acea privire îngerească pe care doar adulţii o puteau vedea şi aprecia. Aşa că mă trezeam de multe ori admirată de ei, pupată şi răsfăţată sau sorbită din priviri.

Bineînţeles că i-am observat pe toţi acei bărbaţi cărora le picura saliva pe la colţurile gurii când mă vedeau, acei bărbaţi care făceau tot posibilul ca, la o petrecere mai mare, să stau mereu pe lângă ei. Mă ademeneau cu bomboane sau cu cărţi, îmi spuneau glume şi bancuri care puteau fascina şi amuza doar un copil ca mine, un copil îşi dădea seama că are un monstru lângă el, dar de care nu îi este frică.

Eram obişnuită cu aceste priviri scârboase şi ştiam, fără să fiu conştientă cu adevărat, că mă voi bucura toata viaţa de rolul de Lolita. Ştiam că sunt şi eu, printre alte mii de fete, condamnată zilnic la o admiraţie pe care nu mi-o doream, de care însă nu mă puteam lipsi.

Au trecut atât de mulţi ani, dar, totuşi, atât de puţini, încât am impresia, câteodată, că mai ieri am împlinit 6 ani şi părinţii mi-au făcut cadou o bicicletă roz, împodobită cu pampoane

colorate. M-am simțit pentru primă dată regina balului atunci
când m-am urcat în șaua ei micuță și am ieșit la plimbare.

Au trecut mii de clipe și gânduri, mii de păcate conștiente, dar
făcute și din naivitate, sute de lacrimi căzute pe perne și tot nu
am reușit să aflu adevărul suprem. Poate am trăit prea multe sau
prea puțin, poate nu există, dar mi-ar fi plăcut ca, atunci când
închid ochii să știu ce las în urmă. Să fiu conștientă de scopul
meu pe pământ sau de menirea mea. Este dureros să te duci și
să te simți atât de mic. Mă simt atât de neînsemnată încât mă
întreb de ce am mai venit pe lume de la bun început? Ce rost are
plângerea morții mele, dacă viața mea nu a reprezentat nimic?

De ce nu îmi este frică de moarte? Răspunsul la întrebarea
asta încă îmi este neclar. Încă fac multe eforturi să mă gândesc,
să realizez dacă, într-adevăr, îmi este sau nu. Am pierdut de mult
acea teamă care ne constrânge să renunțăm la multe lucruri, acea
teamă de Dumnezeu cel rău, teama de necunoscut sau de ine-
vitabila moarte. Poate pentru că am realizat foarte devreme că
moartea nu este decât cursul natural al vieții, poate am realizat
de la o vârstă fragedă că nu ai cum să schimbi nimic și că ești
damnat și osândit încă din primele clipe de viață. Să-ți fie frică
să mori este ca și cum ți-ar fi frică să trăiești sau să mergi sau să
vorbești. De ce ne-ar fi frică de un sentiment atât de natural?
Oricum nu stă în lista atribuțiunilor noastre schimbarea acestui
fapt. Dacă ne este frică să o înfruntăm, înseamnă că, de fapt, ne
este frică să trăim, înseamnă că trăim mereu încordați și asupriți,
niciodată nu ne bucurăm de nimic frumos, doar pentru că acel
moment ne va ajunge din urmă. Dar asta ar trebui să fie salvarea
noastră. Faptul că știm că sfârșitul ar putea să vină chiar azi sau
mâine sau, poate, peste un an, ar trebui să ne determine să vrem
să trăim mai frumos, mai bine, ar trebui să vrem să fim fericiți

tot timpul. Și ar trebui să vrem să găsim mai multe răspunsuri în viață, și nu în moarte.

Moartea ne înconjoară de mici și nu contează dacă ai un an sau cinci, dacă ai treizeci sau optzeci, dacă mori tu sau îți moare un prieten, dacă este bunica sau tatăl sau mătușa, nu contează dacă este un cățel mort, pe stradă, sau pisica ta de acasă, cu toții și pentru toți vom suferi..."

Marţi, 15 octombrie.

Boala m-a istovit de puteri şi nu reuşesc să ies din casă vreo două zile. În timpul ăsta îmi răspunde la un singur mesaj, scurt şi sec: „Sunt bine, ne vom vedea curând". Ce vrea să însemne asta? Ce înseamnă curând în mintea ei? Oare ea nu înţelege că eu nu mai pot respira, dacă nu împărtăşesc acelaşi aer cu ea? Mă simt damnat, iar asta pentru că, într-adevăr, sunt pierdut. Sunt conştient că, acum, oricât de mult mi-aş mai dori să trăiesc, nu o voi mai putea face, atunci când va dispărea complet din viaţa mea. Poate îmi voi fura singur viaţa, la fel ca şi ea, sau poate voi alege să continui să trăiesc, o viaţă masochistă, un doliu pe care îl voi purta în cinstea ei până la adânci bătrâneţi. Dar sunt conştient că nu voi mai fi niciodată omul care am fost până acum. Deja am început să mă transform într-un monstru, o umbră a unui Mihai îmbătrânit de gânduri, care nu face nimic altceva decât să aştepte trecerea timpului.

Astăzi îmi controlez telefonul şi citesc mesajele pe care le-am primit în ultima săptămână. Mesaje pe care le citisem deja, dar pe care nu le băgasem în seamă şi la care nu răspunsesem. Mama şi tata, îngrijoraţi, mă sunaseră de câteva ori, de asemenea şi prietenii apropiaţi îmi lăsaseră câteva mesaje alarmate. Şi îmi fur din timpul meu, oricum lipsit de sens, câteva minute, îi sun pe toţi şi

îi liniștesc. Dar acum, că am încheiat cu toată investigația
lor inutilă, mă întreb ce rost au toate? Ce rost mai are să
îi mint cu aceeași înverșunare ca și până acum, dacă eu
sunt conștient ca și mâine voi face același lucru? Ce sens
are să o liniștesc pe mama, asigurând-o că fiul ei este un
om normal, când atât eu cât și ea suntem conștienți că nu
e așa? Nu înțeleg de ce am căutat mereu compania altor
oameni, de ce am vrut mereu să fiu înconjurat de alte
suflete, dacă eu mă simt mai bine, doar în siguranța sin-
gurătății? Poate pentru că sunt om și eu, la fel ca ceilalți,
și nu pot deveni un barbar care se izolează de toți.

Sunt sătul de întrebări fără răspunsuri și de o boală
care mă istovește fizic, așa că dau curs invitației mamei
mele de a mânca cu ei la prânz, dar și invitației lui Vlad.
Trecuse deja ceva timp de când nu mă mai simțisem în
siguranță în spatele paharelor de alcool și trebuie să îmi
recunosc și mie că îmi este dor de o petrecere, de ieșit, de
oameni. Trebuie să ies, dacă nu voi înnebuni complet și
iremediabil.

Miercuri, 16 octombrie.

Mahmureala şi durerea de cap îmi aduc aminte de starea fizică pe care o aveam în prima zi când am întâlnit-o şi, oricât de nenorocit m-aş simţi, trebuie să recunosc că sunt şi puţin uşurat. Uşurat că nu sunt singur, că mai sunt şi alţii pe care îi interesează de mine, fericit că încă mai am succes la dame, chiar dacă asta nu mă încălzeşte în mod special, îmi dau al naibii de multă încredere în mine privirile dornice ale persoanelor de sex opus.

La fel de încrezător mă simţeam şi aseară când am păşit în clubul acela bucureştean atât de drag mie. Chiar dacă este renumit pentru cuplurile gay care se perindă pe acolo, trebuie să recunosc că este unul dintre cele mai ok cluburi din capitală. Şi păşesc încrezător, printre grupuri de femei care nu mai conteneau să mă privească şi să-mi zâmbească. Reuşesc să îmi contenesc zâmbetul încrezător şi văd, într-un final, prin marea de oameni, masa prietenilor mei. M-au întâmpinat cu zâmbetul până la urechi şi mi-au confirmat, din priviri, că urma să fie o seară extraordinară. Perfect, îmi zic, chiar aveam nevoie.

Pahare de vodkă, sticle de şampanie cu artificii, aroganţe nedemne, femei care îmi şopteau poveşti neînsemnate, râsete şi nebunii, tot ceea ce urăsc într-o zi normală, dar care, atunci, în locul ăla, mă făceau să mă simt al naibii de fericit. Şi recunosc că mi-am permis să uit totul şi să mă las purtat de val, să petrec ca un adolescent iresponsabil. Şi asta îmi făcea al naibii de mult bine, iar prietenii mei m-au văzut fericit în compania lor pentru prima dată, după mult timp. Şi îmi permit să cred acum, că, datorită celor câteva ore petrecute, mi-au iertat minciunile tot mai evidente şi şi-au permis să mai acorde o şansă prietenului lor fără speranţă.

La un moment dat, efectele tot mai puternice ale paharelor îngurgitate, dar şi luminile tot mai înnebunitor de intense din club, mi-au trezit simţurile amorţite. Şi de pe tronul meu de aur care îmi susţinea straşnicul orgoliu, cugetul meu se lămureşte şi devine evident că ori devin un orb fără speranţă ori psihicul meu o ia razna. Şi, după o clipă de reverie, mai clipesc de două ori, las paharul încet pe masă şi îmi îngădui să accept, că cea cu care ochii mei se desfată este Maria.

Da, ea este cea care se distrează în partea cealaltă a clubului, înconjurată de prietenele ei. Şi surâd când o văd şi pe ea în aceeaşi stare de euforie ca şi mine. Dansează înconjurată de prietenele ei, cu mâinile în aer, râde cu gura până la urechi. Doamne cât este de frumoasă acum, cu faţa luminată, parcă nici un duh negru nu o stăpâneşte. O mai analizez fericit pentru câteva momente, încercând disperat să recunosc din trăsăturile pe care mi le enumerase, care sunt prietenele ei, dar renunţ repede. Şi, chiar când mă hotărâsem să cobor din ceruri şi să mă îndrept spre ea, se întoarce râzând spre mine, mă observă de la distanţă şi mă priveşte cu speranţă. Mai fac un pas, dar ea renunţă la zâmbet şi dă tăcut din cap. Mă încrunt şi o întreb din priviri, de ce? Dar nu mă lămureşte, doar îmi mai zâmbeşte o dată şi se întoarce spre prietenele ei. Am renunţat repede la nervii care mă inundaseră şi am

continuat să petrec privind-o tăcut, de la distanță. Mă
obișnuisem deja cu ea, cu felul ei ciudat de a fi și cu toate
alegerile ei neobișnuite și știam că supărările mele nu mai
au nici o speranță și tot ce puteam să fac era să continui
să mă desfăt cu prezența ei, chiar și de la depărtare. După
un timp ce mi s-a părut a fi o veșnicie, îmi acordă din nou
atenția ei atât de prețioasă și mă lasă să mă desfăt pentru
o clipă cu privirea ei jucaușă, iar, apoi, zâmbetul ei pervers
ce m-a stârnit cu doar câteva nopți în urmă, îmi trezește
iar simțurile la viață. Și printr-un noian de fum și de lu-
mini, lumea și timpul s-au oprit în loc. Și nu mai conta
cine ne vede sau că suntem penibili, ceea ce ne interesa
eram doar noi doi. Și o văd cum își lasă prietenele în
urmă, cum urcă încet pe scaunul de lângă bar, iar apoi cu
o mișcare ce părea atât de naturală și de ușoară urcă pe
bar și, printre sticle și pahare pline, își continuă mersul de
felină spre cine? Spre neant? Nu, spre mine. Mă îndrept
și eu spre bar, îmi fac loc prin mulțimea care nu se mai
obosea să mă privească și, când a ajuns în dreptul meu,
s-a lăsat coborâtă în brațele mele nerăbdătoare. Mă pri-
vește doar o clipă, iar apoi își lasă mâna să cadă într-a
mea și mă las purtat prin mulțimea din ce în ce mai igno-
rantă în drum spre baie. Și acolo, în baia fetelor, în întu-
nericul care ne proteja, am lăsat-o să mă poarte spre vise
și tărâmuri doar de ea știute.

Nu știu cât a durat totul, știu doar că, atunci când
m-am întors la masă, după ce fantasma a binevoit să mă
abandoneze, iar prietenii nici nu păreau că mi-au simțit
lipsa. Probabil totul s-a desfășurat rapid, iar eu nici măcar
nu am reușit să-mi dau seama, sau poate ei, prea amețiți,
nici n-au observat absența mea. Nu contează, importantă
este fericirea aceea imensă cu care ea a binevoit, din nou,

să mă binecuvânteze. Am continuat să o mai caut cu privirea prin club, mult timp dupa aceea, dar probabil plecase, iar la masa la care fusese cu ceva timp în urmă, deja se instalaseră alții.

Nici nu mai țin minte drumul pe care l-am făcut aseară din club și până acasă, atât de amețit eram, știu doar că am ajuns și m-am băgat obosit și fericit în pat. Acum, că durerea de cap începe să piară, îmi vin în minte ultimele ei cuvinte. Dar, mă întreb, oare asta mi-a spus aseară sau asta am visat? Îmi amintesc acum, chipul ei trudit și buzele care se străduiau să articuleze o propoziție ce părea a fi ultima ei tortură: „Nu mai am mult timp, Mihai".

O sun din nou, dar mă lovesc iar de căsuța ei vocală, enervantă, și, cu sufletul din ce în ce mai zbuciumat de chin mă îmbrac și mă îndrept, masochist, spre nenorocire.

Miercuri seara, 16 octombrie.

Cobor din casă și, când devin conștient că nu sunt în stare să conduc, opresc primul taxi care mi se arată în cale și spun în grabă adresa Mariei. Nu știam ce voi găsi la ea, nu știam dacă este acasă sau dacă mai există. Dar simțeam nevoia unei confirmări, nu puteam sta așa, cu mâinile în sân, în speranța că vreun titlu de ziar mă va lămuri. Așa cum mi-a spus și ea, nu cunoșteam pe nimeni apropiat ei, pe cineva care ar fi putut să mă anunțe. Dar oare de ce nu mi-a prezentat pe nimeni? De ce a vrut să fiu mereu în conul ăsta de umbră? Ar fi fost mai simplu, și pentru ea, și pentru mine, dacă ar fi găsit un motiv banal și ar fi inventat o minciună naivă și le-ar fi spus prietenilor ei că ne cunoaștem. Gândurile mi se schimbau de la o idee la alta și, cu cât ne apropiam de destinație, cu atât simțeam din ce în ce mai tare că ceva nu e în regulă. Îmi era frică, dar, în același timp, îmi ofeream singur puțină speranță. Poate doarme și nu a auzit telefonul, poate nu are chef să vorbească cu mine sau, poate... Nu, nu, este imposibil. Nu cred că s-a întâmplat totul tocmai astăzi. Nu avea nici un motiv să facă totul atât de repede. Încă mai avea timp, dar... dacă? Ajungem în fața blocului, plătesc rapid și decis să nu aștept liftul, urc în grabă cele cinci etaje, pe scări. Odată ajuns în fața ușii inspir și expir repede de câteva ori. Sun o dată scurt, apoi din ce în ce mai lung și mai insistent. Dar, prin vizor, nu se îndrezărea nici o mişcare. Iar mâna mea începe să se plimbe încet, pe uşă. Cât de fina este... e tot ce-mi trecea prin minte. Şi continuam să o mângâi şi aveam impresia că degetele mele hoinăresc, de fapt, pe spatele ei gol şi mintea începe să mi se inunde cu alt tip de gânduri când mâna mi se opreşte pe clanţă şi, fără să vreau, apăs pe ea. Se deschide fără nici o greutate şi, iniţial, rămân uimit, cu clanţa încă în mână, nesigur ce să fac. Să o închid şi să fug cât mai repede de acolo sau să intru şi să-mi las ochii să se binecuvânteze cu adevărul. Îmi fac curaj şi intru fără să întâmpin nicio rezistenţă. O dată ajuns în hol, mă sperii când o uşă se trânteşte tare din cauza curentului şi după ce-mi las nervii să se destindă, închid uşa. Acum eram complet înăuntru, cu uşa ferecată în spatele meu, nu mai aveam cum să dau înapoi. Dar simţeam că nu mai pot merge nici înainte. Şi acolo, din poziţia în care eram, îmi las ochii să descopere, să caute şi să cerceteze. Până acum nimic ciudat, suspect sau schimbat. În afara uşii de la dormitor care era întredeschisă şi se deschidea şi se închidea încet, lovindu-se de tocul de lemn. Mă îndrept într-acolo şi găsesc curajul necesar să mai deschid o uşă.

Rămân nemişcat, pentru o veşnicie, cu mâna încă pe clanţă. Rămân blocat şi tot ce pot face este să privesc. Simt lacrimi uscate cum mă rod pe dinăuntru, dar ştiu că nu voi putea să plâng. De ce este atât de frumoasă? Frumoasă aşa cum stă acum, acolo, întinsă pe pat, îmbrăcată într-o rochie scurtă, neagră, pregătită parcă pentru o ieşire cu fetele. Este perfectă acum şi tot ce o dă de gol e mâna încleştată şi cearşaful care odată fusese alb. Reuşesc să mă apropii de pat, dornic să o ating pentru o ultimă dată. Dar nu pot, ea este prea departe acum, şi nimeni şi nimic nu o mai poate aduce înapoi.

Nu mă pot stăpâni să nu mă întreb de ce oare a ales metoda aceasta atât de sângeroasă? Pentru că e mai rapid aşa, îmi răspund singur. Pe noptiera de lângă pat, o scrisoare deschisă, striga disperarea ultimelor cuvinte ale unui suflet rătăcit.

După câteva clipe sau ore, închid uşa şi plec spre casă.

Joi, 17 octombrie.

Ni s-au ascuns atât de multe lucruri şi am fost feriţi de atât de multe, au vrut cu toţii să trăim într-o bulă de plastic, au vrut să ne ferească de tot ce e crunt. Dar nu au realizat că asta ne face mai mult rău, decât bine. Şi părinţii noştri au observat, înaintea noastră, până şi parinţii lor, dar nimeni, absolut nimeni nu s-a gândit că poate vom suferi mai mult aşa, chiar dacă simţeau cu toţii pe propria piele. Este un sentiment încrucişat de egoism, cu prea multă protejare. Asta am fost învăţaţi, asta vom transmite şi noi mai departe.

Trăim într-o lume în care nu mai credem frenetici în Dumnezeu şi nu ne mai închinăm obsedaţi, tuturor icoanelor din casă, nu mai mergem la biserică atât de des precum părinţii şi bunicii noştri, şi nici nu mai facem cruce generoşi şi mulţumiţi de fiecare dată când trecem prin faţa unei biserici. Acum, toată credinţa noastră a fost înlocuită, dar nu de necredinţă, ci de semne de întrebare.

Acum religia constă în a te întreba, dacă este bine sau rău, dacă există şi ne vede, dacă va fi după sau acum. S-au format tot felul de ipoteze şi fiecare are propriul lui mod de a crede şi propriul lui Dumnezeu la care să se închine. Cu toţii ne întrebăm şi ne răspundem în fiecare zi, cu toţii trecem de la o credinţă la alta, zilnic, cu excepţia câtorva habotnici şi a câtorva ignoranţi care, poate au obosit să se mai întrebe, care nu vor decât să creadă, nu mai contează în ce, important este să creadă.

Dar ceea ce a nu a înţeles nici unul dintre noi şi nici nu vom înţelege prea curând, este că nu contează în ceea ce crezi şi cum crezi, nu contează dacă îngenunchezi sau, pur şi simplu, nu te rogi. Cu toţii, până şi cei mai atei dintre noi, ştim, în adâncul sufletului nostru, că EL există, că este acolo sus şi că ne vede şi ne urmăreşte din când în când.

Părerea mea, uff... e vastă şi se schimbă zilnic. Părerea mea este nesemnificativă, poate pentru mulţi, poate pentru toţi. Nu contează în ceea ce cred eu, contează ce cred cei din jur despre ce cred eu. Contează să mă supun standardelor lor, zilnic, să nu îi deranjez cu credinţa şi necredinţa mea.

Părerea mea este că Dumnezeu şi paradisul există, încă nu mi-am făcut o părere clară despre termenul paradis, dar există, ceva frumos şi alb şi pur care ne aşteaptă, unde vom ajunge cu toţii în curând, atât de curând că ar putea fi chiar mâine. Eu cred că pământul, locul unde ne-am născut şi vieţuim cu toţii nu e decât iadul sau felul Lui de a ne pedepsi pentru toate greşelile. Iar dacă reîncarnările într-adevăr există, există pentru că o viaţă nu este de ajuns pentru a plăti. Eu cred că totul, absolut totul se plăteşte. Karma atât de cunoscută a indienilor există, roata într-adevăr se întoarce şi, oricât de mult bine sau rău ai făcut pe lumea asta, important este să plăteşti mai devreme sau mai târziu.

Vreau şi îmi doresc din tot sufletul, să îmi găsesc liniştea şi pacea interioară pe care o caut cu ardoare de când aveam 17 ani. Liniștea pe care văd că toți cei din jurul meu și-au găsit-o, până și ea.

Nu sunt naiv, știu că viața este grea, nu mă aștept să nu sufăr, să nu plâng să nu am alegeri de făcut, vreau doar acea pace interioară de la care, după, vor porni și se vor lega toate.

Am avut parte, în viața asta, de multe, multe pe care alții nu au avut norocul să le aibă și la care râvnesc, poate, mai mult decât mine. Dar, așa cum mi-a spus un prieten, dacă nu te bucuri și nu simți că ceea ce ai nu este într-a-devăr al tau, înseamnă că degeaba îl ai.

Poate mulți visează să fie iubiți, poate mulți vor să călătorească și să se plimbe, mulți vor haine scumpe, vor mașini și vile luxoase. Dar ce faci când crezi că le ai, dar nu sunt cu adevărat ale tale? Nu sunt ale tale pentru că nu te mulțumesc. Pentru că, oricum, tot ceea ce deții mate-rial pe lumea asta nu este cu adevărat al tău. Pentru că, până și cu corpul cu care te-ai născut, ești dator.

Ce te faci cu tot materialul, când te trezești într-o di-mineață și, oricât de frumos ar fi afară, oricât de cald ar fi soarele și oricât de tare ar ciripi păsărelele, tu ești sumbru și întunecat pe dinăuntru? Cu ce te încălzește totul când te trezești și încerci să dai la o parte ceața din ochii tăi și vezi totul senin, parcă pentru prima oară, și realizezi că ai înnebunit, că ți-ai pierdut mințile și că trăiești într-un univers care nu este al tău și trăiești o viață care nu a exis-tat niciodată?

Întrebați-mă pe mine cum m-am simțit astăzi, când m-am trezit și mi-am amintit totul. Cred că șocul și spaima mi-au înghețat inițial gândurile, dar, acum, că sunt conștient de realitate, mă simt liniștit, în sfârșit.

Vineri, 18 octombrie.

Îmi este atât de greu să mă dau jos din pat, mă dor toate, mă dor până şi muşchii de care nu ştiam că există, mă doare capul şi simt că explodez pe dinăuntru. Dar faptul că gândesc pentru prima dată limpede, după mult timp, îmi dă puteri. Şi vreau să mă dau jos mai repede, să mă conving de realitatea gândurilor mele.

Realizez peste câteva clipe că eu m-am retras în singurătatea inimii mele, departe de părinţi, familie şi cunoştinţe, pentru a nu mai fi rănit, pentru a nu le mai face rău altora.

Dar, singurătatea asta nu a făcut decât să mă omoare şi mai repede.

Probabil asta a fost şi scopul meu iniţial, nu ştiu, nici nu mai ştiu.

Au trecut sute de mii de gânduri de atunci şi zeci de mii de alte clipe de rătăcire mi-au înnegurat mintea.

Azi am realizat că puterea mea este pe sfârşite, iar aerul pe care îl respir de 34 de ani este pe terminate, paradisul nu mai are limite, iar infernul şi-a deschis porţile să mă primească în îmbrăţişarea lui fierbinte.

Am uitat cum sunt, cine sunt, ce trebuie să fac şi de ce sunt aici...Mi se pare că nici nu o sa îmi mai aduc aminte vreodată care este scopul meu... Probabil, mintea mea bolnavă nici nu vrea să îşi mai amintească, nu vrea să-şi facă rău singură.

Visez la clipe de linişte dintotdeauna, visez mereu la ceea ce nu pot să am şi la ceea ce sper să am dintotdeauna. Nu ştiu cine şi nici ce blestem atât de puternic a fost aruncat asupra mea, încă dinainte de a mă naşte, nu ştiu nici ce înseamnă să fii liniştit, să te trezeşti cu mintea limpede, să nu ai în fiecare secundă zeci de mii de idei proaste care să-ţi inunde creierul cu aberaţii.

Poate eu sunt vinovat, poate nu pot, poate sunt...

Îmi aştern acum, cu ultimele puteri, cuvintele din urmă. Nu ştiu ce se cuvine să spun, ştiu doar ce simt. Simt liniştea care îmi inundă cele din urmă gânduri, simt dragoste fără margini pentru toţi cei care mi-au fost aproape în această călătorie a vieţii.

Dar, mă întreb, ce te faci tu, dragă cititorule sau oricine altcineva, care mi-ar fura locul pentru o clipă, când te-ai trezi într-o zi şi ai vedea pentru prima dată realitatea şi nu iluzia înşelătoare pe care ţi-ai creat-o în ultimul timp? Ce faci când realizezi că năluca este într-adevăr o himeră, iar iluzia deşartă în care ai trăit s-a sfârşit? Te uiţi în oglindă, iar reflexia îţi aduce aminte de ea. Şi realizezi, acum, la final, că în tot timpul ăsta ai fost îndrăgostit de o fantomă. M-am îndrăgostit, precum Narcis, de imaginea lui reflectată în apă, de gândurile mele aşternute pe hârtie. Sunt conştient acum, că Maria nu există decât în gândurile mele şi că o minte bolnavă şi un trup istovit de suferinţă au inventat o realitate doar pentru mine. Am inventat totul ca să nu mă mai simt atât de singur, acum, la final. Chiar dacă mintea mea s-a pierdut de multe ori în mrejele povestirii şi, de multe ori, juram adevărul nălucii, ea nu există, decât în mine şi în voi. Şi acum mintea

mea vede limpede totul: ziua când mi-a fost dată sentinţa
şi creierul meu a decis să scrie o carte despre moarte, despre
viaţa şi moartea altcuiva. Îmi aduc acum aminte, clar, cum
am decis să-mi fac din ea o prietenă şi o amantă după
care conştiinţa mea să plângă. Pentru că mintea mea ipo-
crită, care şi-a dorit tot timpul moartea, nu putea să de-
plângă un corp condamnat de viaţă. Aşa că am ales să o
creez pe ea, pe Maria. Şi mi-am permis, de multe ori, să
cred că ea există şi mi-am oferit nopţi imaginare de dra-
goste şi mi-am dat singur sfaturi pe care eram conştient
că nu le-aş fi primit niciodată de la nimeni altcineva. Au
fost momente când mintea mea bolnavă chiar vedea ceea
ce exista doar pe foaie. Am văzut sângele acela roşu şi mă
simţeam murdar şi voiam să mă trezesc la realitate. Dar,
acum, culoarea asta roşie, care îmi pătează tastele, şi du-
rerea surdă care îmi amorţeşte mâna nu este străină şi
nici imaginară, asta e a mea.

Probabil că moartea vine o dată cu frica, pentru mulţi
alţii, dar, pentru o persoană depresivă, care şi-a ascuns
toată viaţa neliniştile şi şi-a minţit tot timpul conştiinţa
încărcată că totul este în regulă şi că nu e diferită de alţi
oameni, vine ca o uşurare. O uşurare pentru că mâine nu
va mai exista şi nu va trebui să îşi răspundă la întrebările
tot mai dese, pentru că nu va mai trebui să îşi afişeze
zâmbetul din ce în ce mai fals, în faţa unor persoane care
cred că nimic nu este în neregulă cu scumpul şi inocentul
Mihai.

Răsuflu uşurat, când mintea mea vede, pentru prima
dată, totul lucid, când sufletul mi se eliberează de frica de
necunoscut, iar mintea mea vede speranţa unei vieţi vii-
toare sau a inexistenţei, nu contează care din ele. În
amândouă îmi voi găsi liniştea.

Simt sfârşitul care se apropie şi văd apocalipsa ultimului meu apus de soare cum mă îmbrăţişează în amurgul ei.

Şi acum, sunt aici, dezbrăcat de întuneric şi lumină, încercând să scriu acele ultime vorbe, dar cuvintele avortate care se aştern pe hârtie nu seamănă a rămas-bun, iar mintea deja învăluită în misterul următoarei aventuri, vrea doar să tacă, să nu mai gândească sau să mai simtă.

Zbor acum, pentru ultima dată, şi tot ce-mi trece prin minte este că Maria a avut dreptate, nu este frică ceea ce simţi acum, ci speranţă şi nemurire.

Regretul meu cel din urmă rămâne faptul că eu nu am iubit niciodată cu adevărat, decât pe ea, adică o parte din mine.

www.ingramcontent.com/pod-product-compliance
Lightning Source LLC
Chambersburg PA
CBHW022023170626
46808CB00003B/1035